Oscar bestsellers

Dello stesso autore

nella collezione Oscar

I delitti del mosaico
I delitti della luce

GIULIO LEONI

I DELITTI DELLA MEDUSA

OSCAR MONDADORI

I edizione Oscar bestsellers settembre 2006

ISBN 978-88-04-56117-0

Questo volume è stato stampato
presso Mondadori Printing S.p.A.
Stabilimento NSM - Cles (TN)
Stampato in Italia. Printed in Italy

Ristampe:

1 2 3 4 5 6 7 8 9 10

2007 2008 2009 2010 2011 2012

www.librimondadori.it

I delitti della medusa

L'anno era iniziato tra presagi terribili.

A Montebuoni, nella notte del 24 marzo, un fulmine aveva decapitato la torre delle campane, scaraventando sulle pietre in basso il bronzo maggiore. Lo schianto della gran tazza era rintronato fino a Firenze, dove più d'uno s'era gettato fuori dal letto pensando a un terremoto e raccomandandosi l'anima a Dio e al diavolo.

In val di Chiana da mesi nascevano solo galline nere, e questa poteva anche essere solo una stravaganza della natura, come già se n'erano viste. Una volta era memoria che fossero cadute pietre dal cielo, e pesci, e ghiaccio al colmo d'estate.

Ma poi ai primi di aprile nei boschi di San Casciano un contadinaccio, stravolto di sudore gelido e starnazzando per il terrore, s'era precipitato a tirare a martello le campane della chiesa gridando di aver incrociato sul ponte i Quattro dell'Apocalisse scagliati al galoppo sulla strada di Roma. E blaterava di come la Secca l'avesse sfiorato con la sua falce, e che la Guerra gli aveva strappato le brache con un fendente di spada, e come per un miracolo fosse sfuggito all'artiglio della Fame, e di esser vivo solo per lo scudo dell'arcangelo Michele che si era miracolosamente frapposto tra quei diavoli scatenati e la sua pelle di umile cristiano.

E nonostante le botte dei manigoldi del Bargello lo avessero conciato come un santo vecchio per ricondurlo alla ragione, aveva continuato per giorni a strillare della Morte e della Peste e dei cavalli scheletriti che volteggiavano nel tuono e nelle fiamme, senza retrocedere di una virgola, con la schiuma alla bocca, ossesso.

Così che alla fine una squadra di avventurosi si era spinta fino al ponte della via di Roma, per vedere se ci fosse qualche traccia dei fatti meravigliosi che quello andava raccontando: e non avendo trovato nulla, nemmeno un'impronta di cavallo bruciata, erano tornati a rassicurare i cittadini in trepida attesa.

I bargellini rinfrancati come tutti gli altri avevano finito di ammazzarlo per curargli il delirio, ma restava nel cuore di ognuno una tensione inespressa che non si placava.

Anche i sapienti erano in agitazione: Giove e Marte s'erano congiunti nel Toro, in quadrato con Saturno nel Leone, e pure se nessuno sapeva esattamente cosa potesse significare e ci si accapigliava sui gradi di declinazione, la voce s'era sparsa e circolava di bocca in bocca, destando altri timori. Qualcuno aveva rispolverato le oscure profezie di Gioachino da Fiore, forse santo forse indemoniato, e andava per le strade a naso all'aria, aspettandosi di vedere da un momento all'altro la nube fulminante del Giudizio distendersi a oscurare il cielo, tra squilli di trombe terribili, per chiudere il secolo una volta per tutte in quell'anno di Nostro Signore, mille e trecentesimo dalla Sua nascita.

E poi al Calendimaggio l'ennesima rissa tra i seguaci dei Cerchi e quelli dei Donati, e il naso tagliato al giovane Ricoverino, e la rabbia infrenabile dei partigiani che s'era scatenata per le strade di Firenze.

E adesso anche questo.

1

Firenze, 16 luglio del 1300, dopo la mezzanotte

La candela sullo scrittoio era giunta alla fine. La fiammella emise un debole sfrigolio, poi si spense con un ultimo guizzo.

L'uomo seguì per un attimo il sottile filo di fumo che saliva verso il soffitto della cella, prima di tornare a fissare i punti tracciati sulle carte davanti a sé. «*Carcer*... *Tristizia*... le Madri. E poi *Perdita*... il Giudice. Peggio di questo...» mormorò, mordicchiandosi il labbro inferiore mentre cercava nel buio una nuova candela per proseguire il lavoro. Sentiva i suoi pensieri farsi confusi, come se tutta la stanchezza della notte insonne gli fosse caduta addosso d'un colpo.

Tese i muscoli del collo e si sfregò gli occhi con forza, cercando di vincere il torpore. Un dolore sottile, annidato sotto le tempie, era andato crescendo con il passare delle ore. Anche il suo udito si era fatto incerto. I versi violenti degli uccelli notturni giungevano annebbiati, simili a una cascata lontana.

Un altro segno di malaugurio. E non era il primo. Nonostante il caldo sentì un brivido lungo la schiena. Aveva trascorso l'inizio della notte a osservare le stelle, per trarre un auspicio su quello che gli riservava la sorte. Ma già al primo sguardo ne aveva tratto un pronostico infausto, da quella congiunzione di Marte con il suo Sole di nascita che lampeggiava come un occhio maligno nella costellazione dei Gemelli.

Si strinse nelle spalle. Ormai era priore di Firenze già da un mese. Il Comune sembrava in agonia, spezzato dalle lotte intestine. Forse non avrebbe dovuto accettare di concorrere per quella carica, meglio distogliere lo sguardo, pensare ai suoi interessi. Ma chi più di lui poteva adoperarsi ancora per salvare la situazione? Chi aveva ancora due occhi, in quella città di monocoli e di ciechi? Di bestie piene di vento e di rancori?

Dovevano essere i giorni del suo trionfo, e gli pareva di trascinarsi in una terra di morti.

«Aprite, messer Durante!»

La voce del Bargello raschiava dietro la porta, sovrastando le strida delle civette. Represse un fremito: quando il suo nome veniva pronunciato così per esteso era un altro annuncio di malaugurio. Seppellì rapido il libro di geomanzia araba tra gli altri scartafacci che coprivano disordinatamente lo scrittoio: a Orvieto pochi anni prima il grande Sigieri di Brabante era stato assassinato proprio per la sua eccessiva passione per le opere degli infedeli. Bisognava essere cauti, a mettere troppo in luce certe curiosità. Specialmente adesso che a Roma era stato proclamato il gran Giubileo secolare, e tutta la Toscana era percorsa da infiammati predicatori in cerca di soldi e di anime da salvare.

Si rassettò in fretta la veste, assicurandosi che l'impugnatura della daga fosse sempre al suo posto nella tasca nascosta e tolse il fermo all'uscio.

«Messer Durante!» Ancora il raschio, stavolta più netto: il Bargello era un uomo massiccio e sgraziato, dai tratti grossolani che lo incatenavano alla plebe da cui proveniva. Incorniciato nel vano della porta completamente coperto di ferro ricordava una di quelle caldaie da distillazione che gli era capitato di vedere nelle terre di San Marco, piene di spirito d'uva in bollore. Sarebbe apparso ridicolo a chiunque, anche a chi lo detestasse meno del priore: c'era qualcosa di falso in tutta quell'apparenza marziale, come se invece di metallo quel pancione fosse ricoperto delle corazze di cartapesta dei pupazzi di carnevale. Finta anche l'apparente fierezza della sua voce, che voleva atteggiarsi a solenne ed era invece incerta, fessa come una brocca incrinata.

Sembrava in preda a un tremito che si trasmetteva a tutti i pezzi incernierati dell'armatura, facendoli tintinnare leggermente con il suono gentile di una bottega di calderai. Si sporgeva dall'uscio, senza accennare a muovere verso l'interno come se volesse sollecitare l'altro a uscire.

«Vostra moglie mi ha detto che vegliavate, e che potevo... ma che avete fatto agli occhi? Sembrano ruote di fuoco!»

Il priore strinse le palpebre, per superare la lieve vertigine che si era impossessata di lui. «Spero che abbiate un buon motivo per interrompere il mio lavoro, Bargello. In casa mia» scandì freddo, continuando a riordinare le sue carte.

«Non dovreste allontanarvi da San Piero. Conoscete la regola. E poi di notte...» rispose l'altro piccato, mentre i suoi occhi si soffermavano sui libri. Sembrò valutarne con sospetto il numero, che sfiorava forse la dozzina. Una mole inquietante di parole si nascondeva in quei fogli, e le parole, lo sapeva bene dalla sua esperienza d'inquisitore, servivano solo a nascondere la verità e a rallentare il processo della giustizia.

Il priore contrasse impercettibilmente le palpebre, urtato da quello sguardo che non si allontanava dalle carte. «Siete qui per ricordarmi le leggi? Sono io che le faccio.»

L'altro stava per replicare qualcosa, ma si trattenne. «C'è una faccenda, priore, che... che dovreste proprio vedere voi» disse soltanto, restando sulla soglia e continuando a guardare in giro. «Sì, c'è una cosa che dovete proprio vedere, subito.»

«Che cosa?»

«Dopo... è meglio che vediate. È il vostro compito...»

L'altro sembrava incerto, come se mancasse delle parole necessarie per spiegarsi. Il priore non replicò, vincendo la voglia di schernirlo. Forse era meglio non infierire, soprattutto in quel momento. Le pressioni del papa sul Consiglio si stavano facendo ormai insopportabili, e c'era bisogno dell'unione di tutte le parti per fare fronte comune contro il pericolo sempre più concreto di perdere l'indipendenza del Comune. Occorreva assolutamente evitare che altri funzionari

passassero dalla parte del cardinale d'Acquasparta: per regolare i conti con quel pomposo idiota ci sarebbe stato tempo più tardi. Nel cervello del priore avevano già preso corpo alcuni versi con cui l'avrebbe sistemato per sempre in qualche lago di fuoco. O forse in un secchio di merda, nel gran poema cui stava pensando già da qualche tempo. E poi in fondo aveva ragione, vedere era uno dei suoi compiti. Vedere tutto.
«Vi seguo» disse.

Il Bargello guidava il gruppo a passo svelto, ansando sotto la sua copertura che continuava a risuonare a ogni passo. Dietro di lui il priore, e poi sei bargellini di scorta, armati di picca. La terra che calpestavano, cotta dal sole durante il giorno, nelle tenebre sembrava restituire parte di quel calore sotto forma di un sottile vapore acqueo, che intrideva le vesti e i capelli come pioggia sottile. Alla luce delle fiaccole e dei raggi di una luna quasi al colmo sembrava di camminare a tratti su di un lieve tappeto di bambagia, soprattutto quando attraversavano un angolo più umido tra due muri.

S'erano mossi verso la torre della Castagna, accanto alle case dei Donati, e quindi verso la Badia. Il priore pensò da prima che fossero diretti al palazzo del Capitano del Popolo, ma poi il gruppo aveva deviato per un vicolo laterale. Sembravano seguire apposta un percorso fuori dalle vie più frequentate, come se il Bargello e tutta la compagnia volessero passare il più possibile inosservati. Si chiese quale potesse esserne il motivo, visto che secondo legge non avrebbero dovuto incontrare nessuno, a parte le ronde di sestiere: le ordinanze sul coprifuoco erano diventate sempre più rigorose, a mano a mano che aumentavano i tafferugli e le risse tra fazioni.

Ormai soltanto qualche ladro irriducibile osava violarle, ma l'atteggiamento del Bargello sembrava drammaticamente sproporzionato, per pensare a una questione di furti. Per venire a trascinarsi dietro un priore nel colmo della notte doveva trattarsi di ben altro che di qualche aggressione notturna al patrimonio dei buoni fiorentini.

L'inquietudine che lo aveva invaso dal primo momento

crebbe. La sua mano continuava a sfiorare l'impugnatura della daga: non era la prima volta che per arrestare qualche personaggio importante si ricorreva a una scusa per prelevarlo senza strepito, simulando una qualche urgenza irriferibile. Ma poi la vista del Bargello lo rassicurò: quello tirava avanti senza nemmeno curarsi di essere seguito, tutto preso dalle sue preoccupazioni. Anche i bargellini, riservisti di mezza età e abbastanza mal ridotti, chiaramente inferociti per quel servizio fuori orario, parevano più accattoni che lupi famelici pronti a un colpo di mano. Soprattutto non sembravano assolutamente stare in guardia contro di lui, ognuno assorto nei suoi pensieri: avrebbe potuto sistemarli facilmente, a cominciare dal carretto di pentole che guidava la spedizione.

Svoltarono ancora per alcune vie strette e fangose, poi entrarono nella piazza grande, e girarono dietro le rovine del Gardingo, dove sui resti delle antiche rocche ghibelline si stava costruendo il nuovo palazzo dei Priori.

Il massiccio edificio non era ancora finito, e un'intera ala restava chiusa da uno steccato a protezione dei lavori. Il gruppo varcò uno stretto cancello da cantiere fatto di assi inchiodate alla meglio, e passò attraverso un arco nella muraglia esterna, che dava accesso al cortile interno della costruzione. L'ambiente era a malapena rischiarato in un angolo dalle torce di altri bargellini immobili come statue, e appariva un vasto deposito di materiali da costruzione di ogni tipo, ammassati senza alcun apparente ordine. Il gruppo oltrepassò i cumuli di travi e mattoni, muovendo verso lo spettacolo che si intravedeva contro la parete di fondo, nella zona fiocamente illuminata.

Appoggiata contro la muraglia di conci si ergeva una grande macchina da parata, che il Comune aveva fatto preparare dai maestri dell'Arte del legno qualche tempo prima, quando sembrava che l'imperatore sarebbe sceso in Italia per coronarsi in San Pietro. Ma Alberto I aveva rinunciato, troppo preso dalle sue beghe tedesche per venirsi a impaniare in quelle italiane, e l'imponente carro allegorico della gloria imperiale, alto dieci braccia e coronato dalla grande aquila ad ali spiegate, era rimasto a intristire in un angolo di Piazza Santa Croce finché un giorno era sparito alla vista. E dunque era qui che era finito, pensò il priore, insieme con la montagna di fiorini che era costato alle casse pubbliche.

Ma non era la macchina che aveva tanto turbato il Bargello, e che lo aveva spinto a trascinare lì il priore a un'ora di notte, tra le guardie come un arrestato.

Un corpo umano che pendeva tra le ali dell'aquila, con le braccia aperte, quasi dispiegate a prender anch'esso il volo sotto la protezione del simbolo imperiale. Era un corpo di donna, appeso alla struttura lignea del rapace, disposto ad aprirsi l'aria con le braccia e il petto, come quelle figure che i veneziani ponevano sulla prua dei loro legni a propiziarsi il favore degli dei del mare: ma a questa mancava completamente la testa, tagliata con un colpo netto e preciso che non sembrava aver lasciato sul resto del corpo alcuna traccia di violenza, se non fosse stato per la le tracce di sangue rappreso ai piedi della costruzione, su cui sembrava concentrarsi soprattutto il raccapriccio dei presenti.

Il priore si precipitò sotto la forma sospesa in alto, sgranando gli occhi per l'orrore. Dieci anni prima, quando aveva preso parte a Campaldino allo sfondamento delle linee aretine, quando sotto il tiro delle frecce nemiche si era lanciato insieme con gli altri della cavalleria fiorentina contro le lance dei fanti, aveva visto intorno a sé il sangue di ferite terribili, e aveva anche provato, lo ricordava come se fosse ora, il terrore della morte. Aveva visto i suoi amici cadere, e tutto lo strazio dell'orrenda strage.

Ma era diverso: c'è nel furore vivo di uno scontro mortale lo scatenarsi di energie terribili e diaboliche, che sembrano alimentarsi del sudore gelido e animano il combattente e quasi lo smemorano, pensava, di sé e delle sue paure. Ma qui, lontani dal fiato di Marte, quel povero corpo fragile, privato della parte più nobile e che ci rende a Dio somiglianti, quel corpo era testimonianza non della virile follia della guerra, ma solo di un intollerabile atto di violenza barbara e vile. E di una barbarie cieca, brutale, pensava, ma non priva di una sua terribile grandezza, com'è appunto nel costume di popoli remoti dai confini della romana civiltà, secondo quanto narrato dagli arditi viaggiatori che quelle terre straordinarie abbiano percorso.

C'era anzi un meraviglioso desiderio di stupefazione nel modo in cui il corpo era stato issato a quell'altezza, e disposto in forma di volo terribile sotto il segno del supremo potere in terra.

Ecco perché il Bargello s'era affrettato a chiamare lui, a conforto di quella che appariva da subito una lunga investigazione *in diabolicis.* Con questo atto si riconosceva la sua superiorità intellettuale, pensò con orgoglio, sull'intero Consiglio, gigante tra quei nani che le ultime urne avevano portato sui seggi del priorato.

Finalmente i Fiorentini si sarebbero avvertiti del dono che la Vergine aveva recato loro, il dono di far nascere lui, Dante degli Alighieri, sotto il segno dei Gemelli di trentacinque anni prima, straordinario nella loro straordinaria città.

«Avoco a me il compito dell'investigazione criminale» disse con voce fredda e studiata, indirizzato al Bargello ma abbastanza forte perché tutti sentissero.

Il capo della polizia cittadina emise per risposta un sospiro di sollievo e di accettazione. Quell'ordine netto e inequivocabile, non concordato, rappresentava certo per lui una piccola umiliazione, per di più inferta davanti ai suoi stessi uomini. Ma non sarebbe mancata l'occasione per vendicarsi: la carica di priore durava solo due mesi, e presto quel poetucolo arrogante sarebbe tornato a essere un nessuno tra la folla degli inquisibili. E tra quei suoi libri si sarebbe pure trovato qualcosa per incastrarlo. Ma per adesso conveniva a tutti che se la sbrigasse da solo. «Io e i miei uomini siamo ai vostri ordini, messer Alighieri. Disponete a vostro piacimento.»

La prima cosa era la scena del delitto. Presa una torcia a uno degli armati, Dante cominciò a esaminare lentamente il terreno alla base della macchina da parata. Pur nello sconcerto della situazione assolutamente imprevista, c'era qualcosa che balzava agli occhi: la relativa scarsità di sangue presente a terra, a fronte di una ferita così orribile.

Come se in basso fosse fluito solo qualche residuo dalle vene troncate, molto dopo l'arresto del cuore. Se la donna fosse stata decapitata nello stesso luogo in cui era stato innalzato il suo corpo, l'emorragia avrebbe dovuto essere ben più imponente. Difficilmente la testa mancante sarebbe stata trovata da quelle parti. Non chiese nulla in proposito ai bargellini, perché il fatto che nessuno ne parlasse confermava senza bisogno di parole la sua ipotesi. E poi voleva dipendere il meno possibile da quella gentaglia. Le loro menti ineducate avrebbero potuto facilmente confondere la verità, se si fosse rimesso alle loro osservazioni.

No, doveva aprire la sua, di mente, e porsi al lavoro con il massimo dell'attenzione. In terra si notavano evidenti tracce di passi, anche se le impronte apparivano confuse e incerte nella polvere impastata. Fortunatamente però il ribrezzo del luogo aveva istintivamente tenuti lontani i bargellini, salvaguardando così le tracce impresse al momento dell'ostentazione del delitto, se non della sua consumazione. Sembrava evidente che tutte appartenessero a un solo uomo, per quanto numerose e sovraimpresse fossero. Tutte quelle distinguibili recavano sull'angolo anteriore del calzare destro uno stesso segno, come se in quel punto la suola fosse stata lacerata. Un uomo di medie fattezze, a giudicare dall'ampiezza delle orme. Un uomo però di forze imponenti, se era riuscito a sollevare quel povero corpo fino al sommo delle ali del maestoso simulacro, senza alcuna traccia di corde o altri artifici che fossero visibili.

«Solo un demonio può averla issata a quella altezza, messer Durante» disse il Bargello, con il tono ponderoso di chi facesse una profonda considerazione. Dante non tollerava in nessuno quel modo di elargire banalità come oracoli. «Lasciamo il diavolo nei suoi abissi» lo zittì bruscamente, additando i bargellini, che solo a sentire quelle parole avevano cominciato ad agitarsi.

La questione era però aperta, e non trovava alcuna altra ipotesi ragionevole da opporre a quella terribile dell'altro. Il diavolo era diventato una presenza costante nelle terre d'Italia, da quando il papa aveva riconosciuto in Federico II l'Anticristo. E se ne scoprivano le sue tracce continuamente. L'ultima cosa da fare però in quel momento era propalare ancora dicerie del genere, avrebbe dovuto capire quell'idiota.

Che invece continuava ad ammiccare ai suoi uomini, con l'aria di chi la sa lunga e ha molto capito.

Non c'era altro di significativo da rilevare in basso. Bisognava quindi avvicinarsi alla donna, su in alto, se voleva cogliere qualche segno che permettesse una intelligenza dell'accaduto. Si tolse la guarnacca e la berretta con le insegne del Priorato, affidandola a uno dei bargellini con l'ordine di averne la massima cura, e prese ad arrampicarsi sull'intreccio di assi che costituivano la struttura di sostegno dell'aquila. Procedeva con cautela, stando attento a innalzarsi di un passo solo dopo essersi accertato della solidità dell'appoggio cui si aggrappava.

Aveva iniziato la salita d'impulso, confidando nell'energia fisica che sin da giovane lo aveva contraddistinto. Ma adesso si rendeva conto amaramente che erano passati anni da quando quell'energia era stata messa per l'ultima volta alla prova, e l'impresa si rivelava più impegnativa del previsto. Quasi a ogni movimento era costretto ad arrestarsi per detergersi con il dorso della mano il sudore che gli imperlava la fronte, scorrendogli sugli occhi ad appannargli la vista. Il caldo e la tensione nervosa per la paura di perdere l'appoggio sembravano mozzargli il respiro man mano che andava avvicinandosi faticosamente alla sommità. Salendo il chiarore delle torce in basso si faceva sempre più sfuggente, e l'ombra cresceva: era ormai giunto a ridosso del corpo penzolante dalle ali quando scoprì con raccapriccio che questo non era legato alla statua, come fino a quel momento aveva immaginato, ma era invece inchiodato con lunghi chiodi da carpentiere che avevano straziato polsi e caviglie di quell'infelice prima di conficcarsi a fondo nelle assi della struttura.

Uno dei polsi delicati era stato talmente devastato dalla lacerazione del ferro che l'assassino aveva dovuto rinforzare la presa del chiodo con un giro di corda, per evitare che il peso del corpo strappasse l'avambraccio dalla mano crocefissa.

Sentiva le mascelle farsi di pietra per il ribrezzo. Stava quasi per iniziare a ridiscendere sopraffatto dalla nausea, quando si avvide di un particolare che poteva ricondurre il quadro orrendo nei limiti di una ferocia più circoscritta e terrena: dal collo del simulacro di legno, in una posizione non visibile dal basso, pendeva un argano di metallo composto di un treno di carrucole, di quelli in uso per i lavori di completamento del palazzo e che si diceva fossero stati inventati dal grande Archimede. Chiunque avesse ucciso e violentato in tal modo la donna doveva essersene servito per issare il corpo fino a quell'altezza. Sarebbe certo occorsa una notevole forza e abilità, e dimestichezza con i principi della meccanica elementare, ma con l'aiuto di quel macchinario anche un uomo da solo avrebbe potuto riuscirvi. E questo, si disse, sembrava confermare la prima ipotesi che era nata dall'osservazione delle impronte alla base della costruzione. Quindi non una forza titanica e bruta, e nemmeno mano diabolica, ma piuttosto l'uso perfido di ragione aveva consumato il delitto.

Non sapeva se rassicurarsi per questa scoperta, che allontanava la terribile ipotesi di presenza luciferina, o invece compatire la città di Firenze per essere abitata da un mostro, che vagava nascosto nella sua ombra.

Esitò un lungo istante. Quegli elementi che sembravano accendere una contraddizione nella *forma* del delitto. Perché un'opera della ragione avrebbe dovuto ammantarsi dei panni della violenza più bestiale? E altrimenti com'era possibile che una furia frutto dell'accecamento dell'intelletto avesse poi la capacità di avvalersi di strumenti razionali per il conseguimento del suo disegno?

Tornò a esaminare la scena, cercando di coglierne altri particolari. Il corpo era rivestito, o meglio ammantato di una straordinaria veste di broccato di seta color porpora, arricchita da quelli che sembravano perle e grani d'argento, divenuta quasi nera nella zona della scollatura dove un fiotto di sangue l'aveva completamente irrorata. Anche nella luce incerta che giungeva da sotto il corpo sembrava fasciato da un pulviscolo di stelle. Un tessuto splendido, pensò Dante soffocando nuovamente un conato di vomito, qualcosa molto al di sopra di quanto permesso dalle leggi suntuarie del Comune, che nessuna donna onesta di Firenze avrebbe osato esibire in pubblico, pena la punizione esemplare delle autorità. Si protese il più possibile aggrappandosi al becco dell'aquila, cercando di avvicinarsi per osservare meglio quei resti stravolti nella rigidità della morte.

La veste era in parte scivolata verso il basso, trascinata dal suo stesso peso, lasciando scoperte le braccia e le gambe del corpo inarcato della donna. Anche senza quella veste preziosa, Dante si era convinto a prima vista che non poteva trattarsi di una donna del popolo, o una comune cortigiana, troppo delicate e armoniose quelle mani contratte, troppo snelle le caviglie straziate. Cercava di trovare qualche segno che gli suggerisse una traccia, una idea. Qualche elemento che facesse sorgere in lui un ricordo.

Poi un'emozione dolorosa lo afferrò alla gola, una vertigine che quasi gli costò la perdita dell'equilibrio: lui conosceva quella donna. C'era qualcosa di già visto e di familiare in quelle fattezze miseramente residue, qualcosa che si perdeva nel libro di memoria, qualcosa sommerso dall'orrore, ma che tornava adesso ad affiorare come in uno specchio offuscato, come un'eco appena prima del sonno.

Dette ordine dall'alto che altri salissero, e che il corpo venisse finalmente calato in basso, per poter essere esaminato.

2

17 luglio, sala ipogea dell'ospedale degli Innocenti, cuore della notte

Il cadavere era stato coperto alla meglio con un drappo dipinto strappato alla decorazione della macchina e trasportato in fretta in una delle sale del sotterraneo dell'ospedale degli Innocenti, a lume spento. Giaceva adesso sul tavolaccio delle morti ignote, denudato e offerto impietosamente allo sguardo dei presenti. Dante sentiva insopportabile la presenza intorno a lui della curiosità morbosa degli sgherri accaldati: anche l'archiatra, convocato d'urgenza nel cuore della notte, se ne stava imbambolato di sonno e di loto greco con gli occhi opachi piantati su quella nudità ancora trionfante

"Diminuita, mio Dio, diminuita della testa" andava ripetendo tra sé il primo medico del Comune, un lotofago di cui tutta Firenze conosceva la dedizione alla resina della pianta riportata in Europa dai Crociati "...diminuita...". Dante avrebbe preso a calci quell'imbecille, ma aveva bisogno che esaminasse il corpo, per trarne qualche segno utile.

Chiese particolari intorno alla ferita, al modo in cui era stata inferta, all'ora possibile della morte. L'altro balbettava ipotesi e circostanze, toccava il corpo quasi a trarne una ispirazione che sopperisse alla sua totale confusione, e finalmente riuscì a dire soltanto che la testa era stata spiccata da un solo colpo netto e fortissimo «E poi... si era congiunta...

carnalmente...» il medico sospirò quasi l'ultima frase, indicando appena con un impercettibile gesto della mano il basso ventre del cadavere ma evitando di guardare dove le sue mani accennavano. Dante, che aveva seguito con disgusto ma attentamente tutta la ricognizione dell'altro lo interruppe brusco «Tacete! Non voglio che certi particolari del fatto vengano conosciuti anzitempo» disse indicando sprezzantemente il Bargello che rosso in volto aveva invece continuato a scrutare sfrontato ogni particolare del cadavere.

Con uno scatto d'ira intimò a tutti di allontanarsi all'istante dalla sala. Intanto seguitava a percepire un senso di familiarità con le forme di quel corpo, che anche disanimate sul tavolaccio non cessavano di imbarazzarlo ricordandogli inequivocabilmente quelle di un altro corpo che egli aveva già conosciuto da vivo, e che aveva certo disegnato con passione sotto i veli della Corte d'Amore, lontano dagli sguardi rassegnati della povera moglie Gemma.

Cercò di ricordare i tratti di tutte le donne che aveva conosciuto, e di cui aveva tessuto pubblica lode in un serventese sulle bellezze di Firenze che ancora destava scandalo e veniva ricantato nelle taverne. Era stata la sua opera di maggior successo, ricordò con una certa vergogna. A parte quell'altra sconcezza del *Fiore*, ma almeno quello aveva avuto il buon senso di mandarlo in giro anonimo, e così quasi nessuno sapeva che era stato il futuro priore di Firenze a mettere in rima un amplesso lungo duecentotrentadue sonetti. Il serventese invece lo conoscevano tutti: a ogni donna un numero, in ordine di piacevolezza, il suo gioco ardito e scapestrato che aveva fatto infuriare mariti e amanti...

S'era distratto un attimo, al pensiero delle sue prodezze letterarie, e fu un particolare nella curva della spalla, appena risparmiato dalla devastazione della lama che poco sopra aveva lacerato ossa e carni del collo, a ripiombarlo nell'orrore del momento, e insieme a liberarlo finalmente dal dubbio: appena sotto la scapola sinistra spiccava sul rosato della pelle una macchia bianca delle dimensioni di un fiorino, a forma di mezzaluna, inconfondibile.

Il corpo di Vana del Moggio, la compagna del celebre cantore Casella. La donna amata da mezza Firenze per la sua bellezza e straordinarietà della voce, e dolcezza e splendore di modi. E odiata dall'altra metà, per gli stessi motivi. La donna che solo poche settimane prima lo aveva commosso fino alle lacrime, intonando la sua canzone *Amor che nella mente mi ragiona* mentre lo illudeva ancora con lo sguardo giocando con le note e con un ricciolo dei suoi capelli sfuggiti alla cuffia dorata, e che gli aveva fatto odiare per un momento l'amico Casella che l'accompagnava alla viola con gli occhi lucidi di un innamorato trepidante. Come tutti loro ma di tutti più fortunato, ma perso come tutti nella voce di lei.

«...Vana...» non riuscì a trattenersi dal mormorare soffocato, gli occhi invasi di lacrime. Si sentì mancare, coperto di sudore freddo, ma riuscì a tenersi in piedi aggrappandosi in estremo al bordo del tavolo. E maledicendosi subito dopo per quell'attimo di dolore incontrollato, che non era sfuggito al Bargello e al suo scagnozzo. Che subito s'erano lanciati uno sguardo d'intesa, un furbesco ho capito e dunque è questa la donna. Ed entro stanotte lo saprà tutta Firenze.

Appena passata l'alba, dopo nemmeno due ore di un sonno agitato di spettri, Dante prima dell'ora terza era già di nuovo per le vie di Firenze ancora deserte, accompagnato da due assonnati funzionari della Prioria che aveva gettato fuori di persona dal letto della stanzetta che occupavano sotto i portici del convento. Bisognava ricostruire anzitutto i movimenti dalla donna nel suo ultimo giorno di vita, e con chi avesse avuto convegno nelle ore estreme. Non fu impresa particolarmente difficile, troppo famosa era la cantatrice per una città curiosa e attenta come Firenze. Tanti l'avevano vista e notata a partire dal tardo pomeriggio di due giorni prima: tutte le testimonianze raccolte nei pressi della sua dimora concordavano sul fatto che la donna fosse uscita di casa ben oltre il coprifuoco, diretta alla volta del cuore della città vecchia, entro la prima cerchia di mura. S'era mossa senza alcuna cura di celare i suoi movimenti, ma anzi quasi con ostentazione, come volesse far conoscere a tutti i suoi vicini che stava infrangendo la legge senza timori..

Le tracce di monna Vana viva si arrestavano sulla soglia di palazzo Cavalcanti, che gli informatori riferivano di aver vista illuminata discretamente da due torce sull'architrave, come per un segnale d'invito. Soglia che la donna aveva raggiunto dopo la mezzanotte, accompagnata da due suoi servi che l'avevano lasciata sulla porta, dopo averle fatto luce lungo il cammino. Ma era la forza invincibile della bellezza la sua vera scorta, che la poneva al di sopra di ogni disposizione per il coprifuoco: nessuna ronda di sestiere avrebbe avuto l'ardire di fermare il suo breve corteo di fiaccole che incedeva per le buie strade di Firenze, vietate a tutti fuori che alle belle donne.

E poi degli uomini erano stati visti giungere a quella porta, uno alla volta, silenziosi come per un convito notturno. Uomini, e nessuna altra donna. Neppure qualcuna di quelle dame famose in Firenze per rallegrare i conviti di uomini soli, e la cui presenza era un obbligo di cortesia dell'ospite nei confronti dei propri invitati. Tutto lasciava pensare a un convegno segreto, tenuto in modi ben diversi dall'uso dei fiorentini di rendere pubbliche con il massimo della pompa le proprie feste, a scorno di vicini e rivali. Ma chi c'era quella notte, al banchetto? E perché quella strana riunione di uomini senza donne, in una città e in un tempo dell'anno in cui non sembrava neppure concepibile un incontro senza il furto di una carezza, senza una qualche tresca d'amore?

Mentre metteva insieme quelle tracce, e ascoltava quelle voci che andavano ricostruendo l'accaduto, a Dante pareva di vederla Vana del Moggio, con la sua voce del paradiso che invadeva le sale del palazzo, con la sua bellezza infiammata che accendeva gli sguardi degli uomini presenti.

Chissà cosa aveva cantato, prima di scomparire dal mondo dei vivi. Se è vero che la prossimità della morte, anche non presentita, potenzia ogni nostra facoltà corporale, quale straordinario concerto doveva aver offerto Vana nella casa di Guido, giunta sulla soglia delle tenebre. Meraviglioso come dicono che sia dell'ultimo canto dei cigni.

Si sentiva mordere il petto dall'invidia e dalla gelosia, all'idea di quella riunione in casa del primo dei suoi amici, che pure lo aveva inesplicabilmente escluso dal numero dei convitati a un incontro così speciale. Il suo impulso immediato era stato quello di precipitarsi da Guido a chiederne ragione, a interrogare irato e diretto: ma la prudenza del caso gli imponeva di procedere piuttosto per vie oblique, di rivelare sempre meno di quanto sapesse. Doveva far violenza al suo stesso carattere, si disse, e farsi volpe, se voleva avere speranze contro i lupi.

«Portatemi la vecchia Amina, la schiava che governa in casa Cavalcanti» disse seccamente a uno dei bargellini. «E che vi giunga nella massima segretezza» aggiunse, mentre quello si avviava.

La vecchia Amina, la donna che, seppure dal gradino più umile della famiglia, era la vera reggitrice di casa Cavalcanti. La vecchia Amina, schiava saracena catturata tanti anni prima da una galera veneziana nel Mar Egeo, e giunta in Toscana per vie straordinarie e dolorose. La donna che aveva insegnato a Guido la lingua araba, mentre gli narrava le sue storie di *jinn* e di califfi, e di isole che muovono sul mare e di cavalli che volano e di uccelli giganti.

Pensò a tutte le volte che l'aveva intravista aggirarsi nella casa di Guido, silenziosa come un gatto. Quando era ancora accolto con gioia in quella casa.

3

17 luglio, convento di San Piero, verso l'ora nona

Dante fissava la vecchia, che sembrava farsi sempre più piccola sulla panca. Quella si stringeva addosso la veste consumata, come per nascondere le mani, mentre il priore restava immobile, penetrandola con lo sguardo fisso, senza muovere le palpebre, senza dire nulla. Aspettava di portare quell'anima semplice alle soglie del terrore, perché faconda è la paura dell'innocente e lui aveva bisogno che il terrore risvegliasse in quella povera testa il più piccolo particolare del banchetto. «Parla» disse freddamente alla fine. Amina eruppe come un fiume in piena, quasi grata al suo inquisitore, che aveva riconosciuto ma cui non osava rivolgere la parola.

«Quella notte doveva esser festa grande, in casa di messer Guido. Il padrone mi aveva ordinato di imbandire corte per sette convitati, e che ci fosse del meglio di tutto. Fece estrarre dalle casse i lini migliori per le tavole, e voleva che ogni ospite avesse un piatto e una coppa d'argento per sé, e un lavamani e che fossero messe in tavola quelle nuove forche che vengono di Francia, e che le tavole fossero rialzate e i cani lasciati fuori, e che tutto fosse servito insieme al principio, e che nessuno osasse entrare poi nella sala, per nessun motivo, pena la frusta. E che nulla si dicesse in giro del festino, pena la frusta» la vecchia aveva parlato tutto d'un fiato come inseguita ancora adesso dalla perentorietà di quegli ordini, come sentisse già sulla pelle il fuoco di quella frusta così minacciosamente annunciata.

«Cosa venne servito?» il priore cercava un quadro il più completo possibile dello sfondo, prima di illuminare il primo piano. «Lepre in aceto, e fegato con miele, e zucca fritta, e però tutto quello che la cucina del palazzo aveva potuto preparare in quel breve tempo concesso: io poi mandai dal Cisti fornaio per la focaccia con i canditi, e dal vinaiolo pel Bianco di Puglia.» La vecchia tacque, ma Dante aveva già cessato di seguire il filo di quell'elenco di vivande, e si preparava alla prossima domanda «Chi c'era?» disse con tono stanco e in apparenza distaccato, come se fosse la sua una curiosità banale, da vicino di casa che getti distrattamente uno sguardo oltre il muro di confine, passando. Come se lui fosse ancora il Dante amico della casa, di dieci anni prima.

La vecchia esitava, certo legata alla fedeltà per il suo padrone e più ancora terrorizzata dalle conseguenze di un suo eventuale tradimento: ormai era giunta a un'età in cui poteva sperare in un atto di affrancamento prima o poi, se nulla avesse scontentato il suo signore «Chi c'era?» ripeté Dante, sempre con voce spassionata.

«Io... non conosco, non ho visto bene chi entrasse...»

«Chi c'era?»

«Amici del padrone, di messer Guido...»

«Chi c'era?» La vecchia schiava annaspava torcendo gli occhi come in cerca di una via di fuga. «O non uscirai di qui» continuò con lo stesso tono di voce pacato.

«C'era il padrone messer Guido. C'era messer Casella il cantore e monna Vana, c'era messer Lapo. C'erano messer Gianni Alfani, messer Cavicciuoli...»

«Filippo Cavicciuoli, quello che chiamano l'Argenti?»

«Sì, e poi messer Martino da Vinegia.»

Sei uomini. Sei uomini d'intelletto. Sei uomini d'azione. Poeti, artisti, uomini d'arme, filosofi, scienziati.

Sei uomini straordinari e tra loro un assassino. Molto tempo dopo, ripensando con dolore a quegli avvenimenti, Dante s'era chiesto più volte come non avesse avuto da subito alcun dubbio sul fatto che l'assassino fosse uno tra quelli. Forse perché in quegli uomini albergavano tutte le virtù e tutti i vizi. E solo da vizio o da virtù procede il delitto.

4

Stesso giorno, verso il tramonto, palazzo Cavalcanti

Guido Cavalcanti e maestro Martino stavano in piedi accanto a un tavolo alto, osservando un complesso oggetto meccanico fatto di legno e rame, con degli elementi in vetro. I loro volti erano già sommersi dalle ombre della sera, tanto da essere a stento distinguibili. Ma i due uomini non avevano bisogno di vedersi: tutta la loro attenzione era rivolta verso il congegno. Guido puntava contro l'oggetto la luce riflessa dallo specchio metallico di una lampada a olio. L'aspetto della macchina ricordava quello di una grossa clessidra, composta di due contenitori vitrei protetti da un'intelaiatura metallica, collegati tra loro da una colonnina di legno percorsa da una scanalatura a spirale. Da un'apertura nel serbatoio in alto, al sollevarsi di una saracinesca usciva una sferetta di bronzo, che si incanalava nel percorso a spirale scendendo verso il basso. Percorsa la serpentina, all'atto di immettersi nel contenitore inferiore la sfera azionava un meccanismo a contrappeso che apriva di nuovo il diaframma in alto liberando un'altra sfera, e generando nel contempo un suono argentino. Un comando a cremagliera consentiva poi di estendere la lunghezza della colonna a spirale, in modo da variare a volontà l'intervallo di tempo tra due scatti. Scese tutte le cento sfere contenute nel serbatoio, bastava rovesciare la macchina per ripristinarne all'infinito il funzionamento.

«Ho fatto infinite prove. I tempi di reazione sono sempre gli stessi, l'illuminazione avviene dopo il passaggio di sessanta grani, con un momento di tredici spire. Ho provato e riprovato, messer Guido, e sono sicuro.» Guido ascoltava con attenzione, lo sguardo fisso sulla macchina. L'altro colse l'interesse quasi morboso che quel piccolo capolavoro di meccanica aveva destato nel poeta. «Ingegnoso, vero? È un piccolo gioiello costruito a Venezia, sul modello di uno dei meravigliosi conta tempo apparsi nel nord Europa. Io mi sono limitato a perfezionare l'idea di partenza, introducendo la possibilità di variare la durata degli intervalli.»

Stava per continuare, quando fu interrotto dall'ingresso discreto del primo famiglio di casa Cavalcanti, l'unico tra tutta la vasta servitù cui fosse consentito di entrare non convocato nelle stanze del signore. «Messer Durante Alighieri è da basso e chiede di voi.»

I due si interrogarono silenziosamente con lo sguardo. «Ritiratevi nella torre. Ci penserò io» disse Guido, avviandosi verso la porta, mentre l'altro afferrava il congegno riponendolo al sicuro nel segreto di un cassone per abiti che giaceva contro la parete di fondo.

«Dante, amico mio!» esclamò Guido allargando le braccia verso l'altro, che rispose con un sorriso, spalancando anch'egli le braccia, ma senza che nessuno di loro accennasse a colmare il breve spazio che li separava nella grande sala al piano terra del palazzo. Sembrava che i due uomini si misurassero più come due duellanti alle soglie di uno scontro che come gli amici fraterni che erano sempre stati.

Fu Guido a rompere di nuovo il silenzio: «Finalmente torno a vederti. Credevo che avessi dimenticato me e tutti noi. Troppe volte alle riunioni dei Fedeli d'Amore s'è vista l'assenza del mio primo amico» aggiunse, quasi parlando a se stesso. «E tanti nella Corte d'Amore mi chiedono che cosa ti sottragga agli obblighi di fedeltà al dio Cupido. Tutte le belle donne di Firenze hanno preso il lutto da quando hai cessato di celebrarle per rima. Guarda questo scritto che mi è giunto l'altrieri da un Fedele di Bologna» continuò, allungandogli una carta con il sigillo di ceralacca infranto che aveva raccolto da un mucchio di altri messaggi accumulati sul grande tavolo che campeggiava nella sala. Dante afferrò lo scritto soprappensiero, gettando appena uno sguardo sulle parole. Tra i segni di una scrittura nervosa colse subito nelle prime righe il suo nome: chi scriveva si rivolgeva a Guido appunto per avere notizie di Dante, *il cui dolce stile a tutti ha fatto onore*, letto e ammirato nella città di Bologna come tra i più degni eredi del grande Guinicelli.

Avvertì una vampata di orgoglio salirgli alle tempie. Se mai qualcuno avesse avuto lo scopo di addolcire il suo spirito, niente come il lusingare la sua gloria letteraria poteva essere efficace. Riconosceva in quel gesto la mente sottile dell'amico, che cercava di far breccia nel suo punto debole, e si preparò al duello di intelletti che si annunciava. Nessuno come Guido sapeva essere nello stesso tempo suadente e feroce, sottile e spietato nell'argomentazione e insieme affascinante e dolce nei modi con cui affondava il colpo delle sue stilettate retoriche. Per tutta Firenze si ricantavano le sue battute divenute famose, i suoi motti di scherno contro la pochezza degli uomini vili e la stupida credulità dei superstiziosi.

Ma Guido non sembrava in vena di proseguire a lungo sull'iniziale tono amichevole: «Perché hai diradato i tuoi rapporti con i Fedeli? Hai abbandonato gli uomini che hanno dato vita con il loro coraggio alla vera Corte d'Amore che per tutta Italia incorona i puri di cuore, e lotta per la salvezza di questa terra martoriata dalle divisioni e dagli odi. Da anni ormai si attendono tue nuove opere, e tu ti incanaglisci con i peggiori manigoldi della città, parteggi come un villano inurbato, concorri a cariche pubbliche come un pezzente che voglia essere comprato...» adesso lo squadrava con rancore, indicando con disprezzo le insegne del priorato che adornavano la veste dell'altro.

Dante era arrossito violentemente a quell'esplosione di insulti. Si lanciò in avanti a colmare la distanza che ancora li divideva, afferrando con rabbia le braccia dell'altro e protendendosi verso di lui con le mascelle serrate. Come se una belva si fosse improvvisamente svegliata nel petto spingendolo a mordere il suo nemico. Ma tanto repentino era stato il furore, così improvvisa seguì la calma: la stretta si mutò in abbraccio, gli occhi dei due uomini riempiti di lacrime. Disse allora: «Niente potrà mai separarmi da te, che fosti e sei il primo dei miei amici. Ma tante volte ti dissi che la tua ricerca delle prove dell'inesistenza di Dio nostro e il tuo scherno per la santa religione, il tuo livore per il popolo più semplice cui pure deve tanto la nostra Firenze e poi» aveva abbassato impercettibilmente la voce, come preso dal timore che qualcuno potesse ascoltare «e poi la tua scoperta tresca con gli imperiali, Guido, questi sono i gradi del cammino verso l'abisso. Sono le tre bestie che intralciano la tua via, e preparano la tua rovina, amico, e a niente varranno le rime dolci e leggiadre nostre e dei nostri compagni in amore, se perdiamo l'anima immortale. Io voglio sempre la salvezza dell'umile Italia, ma voglio anche quella di Firenze. E so bene che in una terra disgraziata come la nostra, priva di una vera Corte capace di governarla con giustizia, l'unica speranza è da riporsi nell'opera degli uomini d'intelletto, che si riuniscano simbolicamente nello spazio ospitale dei loro scritti: in quella che tu chiami la Corte d'Amore, il luogo dove prende corpo e forma il pensiero e la lingua per la nostra Italia. Ma è opera lunga, Guido, forse impresa del secolo prossimo, perché troppa è la confusione sotto il sole... Noi siamo come quegli afflitti da mal d'occhi, che distinguono con minuzia le cose lontanissime, e poi sono miseramente ciechi su quelle che li circondano da presso, e brancolano, e procedono a tentoni, sperando di essere sulla giusta via.»

«È opera davvero lunga. Ma può essere abbreviata. Se quelli come te fossero meno vili» insisté Guido, gelido.

Dante sentiva sempre su di sé lo sguardo tagliente dell'altro. Decise che fosse inutile in quel momento continuare quella discussione. «Ma non sono qui per questo» riprese cambiando tono. «Il Comune mi ha dato incarico di condurre indagine sulla morte di Vana del Moggio: voglio sapere del banchetto che si è tenuto in casa tua, e tutto quello che tu conosci delle ultime ore di vita della donna.»

«Nulla più di quello che certo sai tu stesso, visto che hai fatto arrestare e inquisire la povera Amina.» rispose acido Guido. Dante sentì in quel tono risvegliarsi l'arroganza degli antichi padroni di Firenze. Era il tono che sempre gli faceva ribollire il sangue, quando lo sentiva, che gli aveva armato la mano contro i ghibellini a Campaldino.

Così rispose altrettanto bruscamente, cancellando dalle sue parole ogni traccia di cortesia. «Dalla tua schiava ho saputo solo il nome di chi onorava la tua tavola, e la qualità dei cibi che hai offerto loro. Da te voglio sapere il perché della riunione, di cosa avete parlato, che cosa avete fatto, cosa ne è stato di tutti al termine del convito, e in breve perché Vana sia morta e chi l'abbia uccisa.»

«Già, la povera Vana, che notizia terribile...» mormorò Guido, senza apparentemente cogliere gli accenti nervosi dell'altro, quasi parlando a se stesso. Come se solo allora si fosse ricordato della morte della donna. «Anche tu la conoscevi, Dante, e sai bene lo splendore che è scomparso con lei. Aveva quella che gli infedeli chiamano lo *zohar*, l'illuminazione interna, tanto divina e celestiale si effondeva la sua voce nel canto...»

«Ma dimmi perché eravate così riuniti.»

Guido esitò per un attimo prima di rispondere, quasi volesse respingere la domanda come un affronto alla sua libertà di *grande* di Firenze. Poi parve mutare parere: «Era passato per Firenze un incaricato di San Marco, per trattare con l'Arte di Calimala la fornitura di vele all'Arsenale della Repubblica. Si tratta di mastro Martino da Vinegia, poeta e architetto insigne, noto per i suoi studi d'alchimia in tutte le corti d'Italia. Martino ha scritto versi d'amore nel suo dialetto e nella dolce lingua di Francia, e ho voluto rendergli omaggio come Fedele d'Amore nella mia casa, organizzando per lui un convito alla presenza dei più grandi poeti di Firenze».

Lo squadrò di sottecchi, come a valutare l'effetto che quel giudizio poteva avere sull'orgoglio di Dante. Poi si affrettò ad aggiungere, con quel tono di concessione che sembrava fatto apposta per far infuriare l'amico: «I più grandi certo dopo di te, amico mio. E rallegrato dalla presenza e dal canto di Vana e di Casella, il musico e la cantatrice più ammirati».

«E perché anche Filippo Argenti, zotico e violento uomo, remoto da ogni dottrina e bel costume?»

Guido accennò un beffardo sorriso di comprensione, a conoscenza com'era della ruggine che correva da tempo tra i due. «So del tuo odio antico per lui e per la sua casata, ma credo che tu sia ingiusto nel misurarlo: è uomo d'armi e non di studi, è vero, ma è brillante e di piacevole compagnia, con le sue sregolatezze. La sua sordità ai versi d'amore è talora il giusto equilibrio della pedanteria in cui spesso eccediamo noi uomini dello spirito, e per questo mi era caro averlo al convito.»

«Quel furfante doveva quindi farti da buffone.»

Guido lo guardò freddamente. «Sì, se vuoi pensare questo.»

«Parlami di Vana» la voce di Dante s'era fatta adesso più bassa, venata da un tono di tristezza che non sfuggì all'amico. L'altro gli scavava dentro con gli occhi, come se cercasse di leggere i suoi reali scopi dietro l'apparente dovere d'ufficio di investigare. Che fosse quindi molto più personale il suo interessamento, e che fosse Vana la *pargoletta* che aveva preso il posto di Beatrice nel cuore del poeta dopo la scomparsa della donna magnifica? Forse era il rimpianto per la bellezza la vera causa di tutte quelle domande?

«Non posso dirti molto: Vana era incredibilmente allegra e sfolgorante, come ben sai tu che l'hai conosciuta. Sembrava molto innamorata del nostro Casella, e non distoglieva mai lo sguardo da lui: questi la accompagnava con il suo liuto come perso in lei, e mentre noi altri parlavamo di fatti e di uomini loro hanno continuato a intrecciare canzoni d'amore fino a tarda notte, quando gli ospiti hanno preso ad accomiatarsi. Gli ultimi a prendere congedo sono stati proprio loro: si sono allontanati dalla mia porta al lume delle loro due lampade. Li ho visti sparire in direzione dell'Oratorio dei francescani, nel buio. È quella la via più breve per le loro case, ed è quella meno percorsa dalla guardia di sestiere, quei cani sguinzagliati dal Capitano del popolo per far da guardia alle mosse di noi maggiorenti.» Guardò in viso Dante, come a valutare se includerlo ancora nel numero degli aristocratici fiorentini. «Quanto alla tua seconda domanda, solo chi ha colpito è in grado di risponderti in modo compiuto sulle cause e sui motivi del suo atto criminale. Io posso solo per amore di sapienza ricordarti che si usa violenza o per difetto o per eccesso d'amore, e si colpisce o per vantaggio proprio o per danno di altri.»

«*Di sua potenza spesso segue morte*» scandì lentamente Dante soprappensiero, come se il suo intelletto, colpito dalla prima delle due motivazioni, si fosse allontanato da quella sala e stesse esplorando una rete di considerazioni più vasta. Lo sguardo dell'altro si illuminò al sentire quel verso della sua *Donna me prega*, la canzone sulla natura d'amore in cui più aveva tentato di descrivere e analizzare le oscurità della passione. E che solo Dante tra tutti sembrava aver compreso, con quella intelligenza che sempre s'accendeva tra loro ogni volta che i loro ingegni si incrociavano, fosse pure per scontrarsi.

«Ma perché strapparle la testa? Perché quella duplice offesa al suo povero corpo, doppiamente stuprato?» riprese dopo una breve pausa.

«Forse perché chi ha perpetrato la violenza non poteva sopportare lo sguardo della vittima, o forse perché voleva colpire in lei la sede di quel dono divino che era la sua voce, o cancellare la traccia che a Dio ci assomiglia. Chi annichila un essere vivente deve sottrarlo allo sguardo di Dio, quel tuo Dio che gridò *Mia è la vendetta*!. E percorre sentieri oscuri, perché la mente per violenza d'amore vanisce: *Discerne male – in cui è vizio amico*.»

«Ma perché inchiodarla all'aquila dell'Impero, perché vergare con il suo corpo quell'insana allegoria? Che dice di questo la tua filosofia, Guido?»

«Dice che i mostri d'Averno non abitano soltanto nel sesto libro di Virgilio, ma camminano sotto il sole per le vie della nostra città. E talora vestono i panni dello spirito d'amore.»

Dante restava con i suoi pensieri, in quel palazzo che in passato lo aveva visto felice. E pensava a Casella. Allora si accorse per la prima volta dello sguardo acceso di Guido, che da prima aveva scambiato per il lampo dell'ira, e dell'ombra di febbre che attraversava il suo volto. E comprese come quel delitto lo stesse riavvicinando alle vite di uomini che già avevano condiviso la sua, con cui aveva scambiato idee e sentimenti, da cui aveva tratto l'immagine delle cose che ne avevano fatto l'uomo e il poeta che era divenuto. Un delitto che prendeva a poco a poco le forme di un'ultima canzone d'amore e di morte, per figure. Una canzone d'amore disperato, di morte atroce.

S'era fatta notte profonda nella cella di Dante. La lampada a olio bastava appena a respingere le tenebre da una piccola parte dello scrittoio al quale si appoggiava con il suo corpo stanco. Rigirava tra le mani le carte dove non molto prima, ma in una stagione ormai perduta nel fragore del tempo, aveva cantato la bellezza di Vana. Rivedeva con gli occhi implacabili della memoria i tratti perfetti di quel volto strappato via, gli occhi blu scuro fino al viola che erano stati la meraviglia di Firenze:

> Deh, Violetta, che in ombra d'Amore
> Ne gli occhi miei sì subito apparisti,
> aggi pietà del cor che tu feristi,
> che sperando in te e disiando more

aveva scritto per lei, e gli era sembrato di morire davvero, quando quegli occhi lo avevano accarezzato con la loro blandizie, senza nulla concedere più di un sorriso, e senza respingere nella disperazione. Il ricordo della sua figura si sovrappose all'immagine di quel corpo nudo, disteso sul tavolo dell'ospedale, impressa nella sua mente. La peluria del pube tanto scura da apparire bluastra, come i capelli scomparsi, il seno eretto come se fosse stato morso da Amore, invece che dalla morte. Sentì il dolore e l'eccitazione impadronirsi di lui, mentre arrossiva nel buio.

5

18 luglio, verso mezzogiorno, davanti la casa di Vana del Moggio

Dante s'era nascosto nell'ombra del vano della porta di casa Rinucci, in via Por Santa Maria, dietro il banco di un sellaio colmo di merce. Di lì poteva osservare senza esser visto tutto quanto sarebbe accaduto per un ampio tratto di strada, dal portone della casa del funerale fino alla svolta sul Lungarno, e buona parte dei volti di quanti s'accalcavano in attesa del corteo. Durante tutta la notte s'era tenuto nella casa il rito del mortorio, con pianti e preghiere. Secondo l'uso i parenti e gli amici di Vana si sarebbero dovuti assidere attorno al feretro e vegliare il suo corpo, perché i neri serafini delle tenebre non approfittassero dello stupore che coglie l'anima nelle prime ore della morte per strapparla al sentiero della salvezza.

Ma la donna era l'ultima della sua stirpe, e i tanti amici della sua gloria terrena, i mercanti arricchiti che spasimavano per avere il suo canto ai loro festini o i superstiti della antica aristocrazia affascinati dalla sua bellezza, erano di colpo scomparsi, inorriditi dai modi della sua morte e timorosi di esserne in qualche modo coinvolti. Improvvisamente più nessuno in Firenze sembrava averla conosciuta, se non alla lontana, se non per sentito dire: ah sì, Vana, quella bella donna, che orrore...

Così Vana era restata sola, e il suo ingresso nel paese dei

morti era avvenuto nel silenzio totale di tutte le voci. Nessuno aveva cantato per lei il *Dies Irae*. Solo i suoi servi l'avevano vegliata, e pregato per lei. Qualche donna pietosa del vicinato aveva aiutato a lavare e a ricomporre il suo corpo, quello che ne restava. E di tutti quelli che avevano diviso la sua vita soltanto Casella era stato visto varcare in lacrime la sua porta. Neppure Dante s'era affacciato in quella casa: e continuava a ripetersi che lo aveva fatto per rispetto alla carica di priore, per non voler confondere la dignità del Comune con l'omaggio a una donna famosa per esporsi in pubblico.

Ma sapeva che non era questo il motivo che l'aveva trattenuto dal piegarsi a bagnare di lacrime la donna che forse anch'egli aveva amato.

Aveva avuto paura. Paura di non riuscire a sopportare di nuovo la vista di quel corpo lacerato, di non saper rispondere alle domande mute che gli sarebbero state poste. Paura di avere paura, di cedere all'emozione e di svenire come ormai da qualche tempo gli capitava nei momenti di grande tensione. E così aveva trascorso le ultime ore a sorvegliare la casa di Vana dall'esterno, sperando di cogliere un volto, riconoscere una voce che potesse metterlo sulla giusta traccia. Ma nulla finora gli aveva dato alcun indizio. Al contrario, più d'una delle poche persone anonime che aveva visto entrare o uscire sembrava averlo riconosciuto: la voce che le indagini erano state affidate a lui doveva essere già circolata.

Poi la gente intorno aveva cominciato a crescere, come richiamata da un segnale silenzioso, fino trasformarsi in una folla. E ormai era giunto il tempo della cerimonia del trasporto alla tomba. E mentre continuava a scrutare in cerca di un segno, di una qualunque traccia, la porta dei del Moggio si spalancò di colpo, e la salma uscì portata a spalla dagli incappucciati della confraternita d'Orsanmichele, preceduta da quattro chierici salmodianti.

Il corpo giaceva su un palanchino di assi brunite, coperto da un velo impalpabile che lo proteggeva dai nugoli di mosche ronzanti nella torrida atmosfera del vicolo, e insieme lo offriva traslucido agli sguardi famelici della folla dei curiosi divisa in due ali lungo i lati del vicolo. Vana percorreva la sua ultima strada oscillando al passo dei portantini sul selciato ineguale, come in un estremo simulacro di vita, coperta dal suo grande manto scarlatto bordato di perle.

Ma nessuno sembrava in realtà osservare lo splendido apparato funebre, né il corpo adagiato su uno spesso tappeto di feltro azzurro ricamato con le lettere della morte: lo sguardo di tutti si concentrava affascinato sulla straordinaria testa di metallo dorato e smaltato che i confratelli della *buonamorte* avevano giustapposto al corpo decapitato. Come se qualcuno avesse voluto correggere in quel modo lo strazio della violenza, e avviare all'eternità i resti della donna in modo almeno in apparenza completo.

Sulla strada era caduto un silenzio attonito, irreale, che dalle prime file si andava estendendo in avanti, a mano a mano che il corpo avanzava. Poi di colpo un suono sordo di mille voci s'era riacceso, come la risacca di un oceano: tutti commentavano ad alta voce quello spettacolo mai visto, scambiandosi gesti frenetici e additandosi l'un l'altro le fattezze straordinarie del volto che lampeggiava sotto il sole, quasi a confermarsi a vicenda la realtà di quanto sfilava sotto i loro occhi.

Tra tutti, solo Dante sembrava essere l'unico a tacere sbigottito, appena riconosciuta la scultura che gli si avvicinava. La testa che traspariva sotto il velame, e che pareva squarciarlo con le lingue dei serpenti che le facevano da corona, era quella splendida di Medusa, martellata su una lastra di bronzo dal grande Guido Bigarelli. Creata come reliquario per l'oratorio dei frati di Santa Croce, più di venti anni prima. Che l'avevano invece rifiutata come blasfema appena liberatala dall'involucro di quercia in cui aveva viaggiato protetta da ogni sguardo per mezza Toscana, gridando allo scandalo per la torbida sensualità che illuminava quel volto tremendo.

Alla sua vista uno dei confratelli era immediatamente caduto in deliquio vomitando grida blasfeme nella lingua inconoscibile dei demoni, tra la fuga terrorizzata degli altri. Anche Dante, confuso tra i giovani alunni dello *studium,* aveva assistito alla scena, di cui serbava ancora a distanza di tanti anni un'immagine scandita nel libro della memoria. Era stato l'unico, lo ricordava bene, tra l'esiguo numero di adolescenti che seguivano le lezioni di teologia e logica, a non darsi alla fuga. Qualcosa lo aveva trattenuto, immobile, come se lo sguardo del Gorgone, tornato a vivere nel nuovo secolo, avesse avuto in lui la sua prima vittima raggelata.

Era terrorizzato, ma doveva vedere: e così si era proteso verso la cassa rovesciata, e aveva allungato la mano su quel simulacro afferrandolo per l'orrida selva di serpi che parevano sibilare sotto la sua presa, tanto la maestria dell'artista li aveva con la sua arte resi prossimi alla vita. Non diversamente Perseo doveva aver afferrato il capo della Medusa antica, dopo averlo troncato con la sua spada. E anche lui lo aveva sollevato, e mostrato arditamente al cielo, prima che il padre superiore, tornato precipitosamente sui suoi passi, non lo avesse colpito con uno schiaffo rabbioso, imprecando poco cristianamente contro la razzaccia degli Alighieri, e coprendo l'orrore con un panno strappato dalla tavola del vicino refettorio.

Poi c'erano stati gli insulti contro Bigarelli, accusato di aver volontariamente vilipeso la santa religione. Colpito dall'anatema, minacciato di processo come eretico epicureo il Maestro scultore era stato costretto a riparare fuor di Toscana, dopo esser sfuggito all'Inquisizione che s'era gettata subito alle sue calcagna. La Medusa era sparita con lui, e se n'erano perse le tracce. Né s'era mai trovata alcuna spiegazione per quel soggetto diabolico scelto per un'opera sacra. Restava solo la follia dell'artista, da cui si diceva fosse stato colpito dopo aver abbandonato la corte di Federico.

E anche questo fatto veniva assunto dai buoni cristiani come prova ulteriore dell'iniquità e perversione del grande imperatore, e si diceva che il titolo di *stupor mundi*, che quello s'era arrogantemente conferito, avesse appunto da intendersi come colui che istupidisce il mondo, e lo getta nella follia.

Allora s'era molto discusso della cosa, e Dante ricordava distintamente i vecchi di Firenze che si segnavano al solo nome dello scultore, o a quello del suo perduto capolavoro. Che ora tornava allo scoperto per vie misteriose, coinvolto in un'opera di pietà. O forse di omaggio luciferino agli dei ulteriori, avvinto alla loro vittima sacrificale.

Si chiese chi avesse organizzato quella strana messa in scena, che non poteva essere stata concepita dall'ingenua fantasia dei terziari della *buonamorte,* mentre continuava a scrutare i visi anonimi della folla. Il feretro adesso transitava davanti al suo rifugio, e dietro s'era già formato un folto corteo, salmodiante e becero, pio e protervo, che s'andava allineando alle spalle del funerale. Tutti i perdigiorno e gli sfaccendati di Firenze sembravano essersi dati convegno in quella strada, come se fossero ansiosi di partecipare almeno nella morte a un frammento dell'esistenza di chi in vita era stata per loro un sogno irraggiungibile.

Avvertiva un senso di ignobile rivalsa in quell'accalcarsi intorno alla salma di Vana, un doloroso ripetersi di quella stessa violenza che già l'aveva offesa. E non valeva dirsi, pensava Dante, che lei fosse ormai lontana e remota da quell'insulto: non era vero. Lei era ancora lì, serrata in quel corpo, oscillante al passo incerto dei necrofori ostacolati dalla massa, prigioniera dei suoi resti finché qualcuno non ne avesse fatto vendetta.

Si calò le falde della berretta sugli occhi, perché fosse più difficile riconoscerlo, e uscì dall'ombra della porta, confondendosi nella massa. Se è vero come si legge negli antichi, pensava, che le malefatte incatenano il reo all'ombra della sua vittima, è certissimo allora che l'assassino si troverà qui, dove cammina la morte. E al suo cospetto il cadavere darà un cenno: sarà la sua ferita che tornerà a sanguinare, sarà la sua mano che lo annuncerà inesorabile. Perché la volontà di Dio si manifesta direttamente nelle umane vicende, e io afferrerò con riconoscenza la preda che la giustizia di Dio mi consegna, e scaglierò su di lui la folgore dell'umana vendetta. Sì, io perderò quest'uomo sulla terra, e ne farò vendetta al cospetto della sua vittima innocente. E ne lascerò memoria nella mia opera, cui e cielo e terra porranno mano.

Si riscosse per il dolore violento al piede destro, schiacciato dal rude zoccolo di un contadino basso e atticciato, che cercava di allungare il collo per vedere avanti. Lo respinse con una gomitata al volto, lasciandolo urlante e insanguinato, mentre proseguiva zoppicando tra gli urti della calca. Il corteo aveva voltato la curva che piegava sul Lungarno, e si andava allineando sulla strada recentemente pavimentata che in quel punto passava sotto una grande arcata a tutto sesto, resto di un'antica costruzione che risaliva all'epoca romana.

Era quanto rimaneva dell'antico acquedotto, ma visti sullo sfondo della via sembravano gli avanzi di un arco trionfale, che attendesse di accogliere il passaggio dell'ultima gloria di Vana. Fu lieto di quel caso, che appena temperava lo strazio di quella villania estrema infertale dalla viltà di quel corteo di plebei immondi.

Sopra, in piedi sulla copertura della volta che formava una sorta di altana, come le immagini dei patrizi raccolte intorno a Giustiniano che aveva visto in San Vitale, si allineavano le sagome controluce di un gruppo di figure maschili ritagliate sullo sfondo del cielo infuocato dalla canicola. Sembravano a Dante uscire direttamente dalle pagine del suo Virgilio, per la compostezza magnanima e l'assoluta immobilità con cui attendevano che il feretro passasse sotto di loro, strappate come da un sortilegio all'atmosfera di macabra sfilata del Calendimaggio che avviliva l'agitazione degli altri.

Giunto quasi sotto al passaggio li riconobbe: Guido, Lapo, Gianni. E Casella, e Filippo Argenti, e messer Martino. Sei uomini straordinari. Sei uomini, e tra loro un assassino.

Ormai il feretro era giunto all'arco, e il corpo cominciò a sparire nell'ombra del fornice: per un attimo ancora parve che la testa gorgonica fissasse i volti imperturbabili, come li avesse fatti di smalto. Dante si scagliò in avanti allungando il collo, cercando di risalire il corteo per avvicinarsi in modo da poter cogliere quel segno della giustizia divina che stava aspettando con ansia, se si fosse manifestato. Ma il corpo di Vana rimaneva immobile, a parte il tremolio dovuto al movimento del feretro, né la ferita orrenda tornava ad aprirsi, né la mano devastata dai chiodi si allontanava dal petto su cui riposava in croce, né alcuna voce terribile irrompeva urlando un nome. Solo la chioma serpentina della testa sembrava agitarsi di vita propria, percorsa dai barbagli di luce che il sole animava sulla doratura attraversando il velo sottile steso a proteggerla.

Deluso, alzò ancora una volta lo sguardo a fissare quella corona di statue marmoree che ormai si andava allontanando alle sue spalle. Era certo che anche loro lo avessero riconosciuto.

Seguì il corteo fin dentro la navata centrale di Santa Croce, la chiesa dove Vana s'era recata per tutta la vita all'alba a sentir messa, e dove adesso avrebbe avuto luogo l'interramento. Nel mezzo del pavimento, a ridosso dell'altare, appena di fronte al prezioso trono vescovile che chiudeva uno degli angoli del transetto, era stata rimossa una delle grandi lastre della pavimentazione e già riaperta la fossa dei del Moggio, che avrebbe accolto le spoglie mortali, ultima erede dell'antica famiglia di Firenze.

A fianco, eretta contro una colonna della navata, aspettava una lapide preparata per ricoprire lo scavo al termine della cerimonia. Dante lesse: *Vana del Moggio – morta A.D. MCCC – di anni suoi XXVII – Cantatrice –*

La pietra appariva decorata con un ricamo di fiori e foglie stilizzate, percorse da un volo di piccoli uccelli, secondo l'uso moderno di Francia. Un lavoro splendido, opera di una grande mano: il marmo sembrava quasi una trina, tanto la sua massa era stata scavata e alleggerita dallo scalpello fino a trasformarla in un tessuto di pietra destinato a rivestire per sempre il ricordo della donna.

Era qualcosa di più di un monumento funebre, pensò Dante, era la poesia di un innamorato. Eppure quell'opera tanto straordinaria sarebbe stata ben presto consunta e poi infine cancellata dai passi pesanti dei fedeli, e forse la bellezza di quel decoro sarebbe scomparsa ancora prima della memoria stessa di Vana.

Che spreco terribile, pensò, straziato dal ricordo di quella voce che nessuno avrebbe mai più sentita fino al terribile giorno del Giudizio, e che adesso invece tornava a risuonare nella sua mente arricchita dal fascino invincibile della memoria.

Il feretro era stato disposto su due cavalletti di bronzo coperti da un pesante panno nero di lana, tra quattro ceri accesi per un'ultima preghiera. Venne dispersa nell'aria una nuvola profumata di incenso, mentre il sacerdote e i portatori intonavano il *Dies Irae* con voce cupa. Dante ascoltava immobile, con gli occhi fissi sul corpo e sulla testa straordinaria. Gli occhi del volto bronzeo lampeggiavano di un riflesso bluastro: nel cavo delle orbite l'artista aveva incastonato all'uso antico due lapislazzuli a simulare esattamente le pupille, che sembravano possedute da una vita propria.

Lo strano mostro guardava in un suo modo misterioso verso la volta della chiesa, a occhi sbarrati, quasi cercando negli antichi affreschi che la istoriavano il disegno e la spiegazione del proprio destino, quasi volesse pietrificare quel cielo che era già di pietra. Ma era lo sguardo freddo di un cieco, pensava Dante, cui è negata la visione della gloria di Dio *in articulo mortis*. Anche di questo era stata privata l'infelice, di poter vedere con i propri occhi l'ultimo squarciarsi del velo: e anche per questo doveva essere vendicata.

Poi la terribile salmodia s'era arrestata, e l'officiante aveva dato il viatico, indicando agli astanti come la breve cerimonia fosse terminata, e che si procedesse al seppellimento. I quattro incappucciati che si erano mantenuti alle spalle del feretro si fecero lentamente avanti, cominciando a ripiegare sul corpo i lembi del nero sudario, poi afferrarono sui lati il palanchino.

Portatolo sulla fossa spalancata avevano preso a calarlo nella buca, cercando di mantenerlo in equilibrio durante la discesa. Ma il peso, malfermo nelle mani dei necrofori, cominciava a inclinarsi paurosamente, minacciando di rovesciarsi nell'avello. Nemmeno quell'ultimo insulto le sarebbe stato risparmiato, pensò in un attimo Dante che aveva cominciato a sua volta a protendersi verso la sepoltura, quando fu fermato da un grido alle spalle e da un corpo in corsa che si gettava verso la tomba, e le mani di un uomo che afferravano con disperazione il piano di sostegno del corpo, riportandolo con uno scatto in equilibrio, giungendo finalmente a deporlo sul fondo. Nel movimento inconsulto il drappo era ricaduto in basso e una delle braccia si era sciolta dal petto e giaceva sollevata contro il bordo del sacello in una sorta di macabro cenno di invito, mentre la testa metallica si era scostata dal collo martoriato, scoprendo in parte l'orribile dentellatura dello squarcio e, ruotata sulla sinistra, lanciava un ultimo sguardo su Dante.

L'ignoto soccorritore si gettò allora sul corpo, affrettandosi a ricomporre la croce delle braccia. Poi delicatamente, mentre un singhiozzo soffocato spezzava il silenzio che era calato nella cattedrale, ruotò la testa risistemandola nella posizione originaria, con il gesto dolce d'un innamorato che accarezzi il volto della propria donna.

Solo allora Dante, che era rimasto impietrito, riconobbe Casella che adesso si era girato verso di lui e si ergeva fino ai fianchi fuori dall'avello, e percorreva con lo sguardo che non sembrava vedere la fila assiepata di fronte, il volto attraversato da una smorfia amara di disprezzo. Poi i suoi occhi parvero illuminarsi, alla vista del priore che finalmente sembrava aver riconosciuto. «Dante, amico mio» mormorò con la voce rotta dalla disperazione, poi si chinò ancora verso il corpo, con le mani che sembravano accarezzarlo mentre macchinalmente ripiegava sulla salma i lembi del panno oscuro su cui era stata deposta.

Dante tese le sue braccia verso quelle dell'amico e lo strappò delicatamente dalla fossa, sospingendolo lungo la navata verso l'ingresso della chiesa. Con la coda dell'occhio intravide i necrofori, che avevano afferrato la lapide. Uscirono quando era appena iniziata la deposizione della lastra tombale.

Casella camminava inebetito al centro della strada, come se non avvertisse nulla di quanto lo circondava. Dante aveva già dovuto sottrarlo per due volte all'essere schiacciato da uno dei carri che percorrevano la via a velocità sostenuta spingendolo verso i lati sopraelevati , ma quello continuava a riscivolare verso il mezzo come se una forza invisibile lo trascinasse verso la distruzione.

Finalmente riuscì a trascinarlo al riparo sotto un loggiato d'angolo, forzandolo a sedersi vicino a lui. Casella sembrava cieco e sordo. Poi all'improvviso parve riprendere i sensi. Abbracciò l'amico scoppiando in lacrime e dette inizio a un torrente di parole dove ricordi e sogni e rimpianto e dolore si impastavano in un viluppo inestricabile.

E tutto il diluvio aveva per centro del gorgo il nome di Vana, che tornava ossessivamente a ogni giro di frase. E mentre parlava, con il ricordo della donna che si faceva più vivo, andava pian piano rasserenandosi, come se l'immagine di Vana ravvivata dalla memoria trionfasse per un attimo sulla morte. La voce restava come impastata da una strana sonnolenza, ma aveva smesso di lacrimare, e le sue frasi diventavano più coerenti. «Tu l'hai conosciuta, Dante, tu ha visto l'angelo che era prigioniero in quel corpo, che adesso il destino mi ha strappato! Era scesa in terra a mostrare il miracolo del mondo degli spiriti...»

Dante lo ascoltava con attenzione, attento a tutti i minimi particolari del suo dire. Cercò di portare il discorso sui fatti più recenti: «Dimmi del convito» cercò di modulare la voce, dandole il tono della dolcezza «e di che cosa vi accadde, e di cosa si è parlato».

Casella sembrò uscire dal torpore: «Di Firenze... e dell'Italia... e delle donne d'amore...».

«E di quale donna parlavano?»

«Di quella che sarebbe scesa a salvarci, dopo lo spaccio della bestia...» Dante inseguiva a fatica il nesso logico, che pure sembrava esserci, nelle frasi smozzicate che affioravano nel lago di memoria dell'amico, e continuava a chiedere particolari sui fatti, cercando di secondare l'onda dei ricordi nella speranza che nei frammenti di frase di quello s'accendesse finalmente la luce di un significato intellegibile.

«Mi chiesero di intonare una canzone del grande Federigo, quella che inizia *Poi c'ha voi piace, amore*. Vana cominciò con la sua voce soave, ma più i suoni e la melodia prendevano stanza in quel luogo, più vedevo i loro volti affliggersi e farsi pieni di lacrime. Mi pareva che soffrissero e commentassero tra loro il triste destino dell'imperatore e la rovina della casa di Svevia, che quelle dolci parole richiamavano loro alla mente. Vana seguitava il suo canto, ma tutti sembravano presi dalle loro riflessioni. Anche i cibi, che credo fossero deliziosi, venivano pressoché ignorati. Non c'è mai stato un convito più triste... ma io so che sono uomini giusti...»

Ma io so che sono uomini giusti. Dante si chiese perché Casella avesse interrotto il suo racconto con quella affermazione. Sembrava che l'altro fosse tornato a parlare a se stesso, come a rafforzarsi in un suo convincimento piuttosto che affermarlo al suo amico. Era ricaduto nel suo stupore. «Uomini giusti!» tornò a ripetere Casella, sempre trasognato «e Firenze in quadrato di Marte, all'ascendente. E poi la bestia 666, e la fiamma e il veltro che la ricaccerà in inferno... e la vergine che addomesticherà il liocorno...» la voce di Casella tornò a spezzarsi in un singulto, mentre Dante dal canto suo cercava di ricavare un ordine da quei frammenti di senso, interrogandosi sulla reale profondità dell'amore dell'altro, così drammaticamente ostentato da parere irreale.

«E dove lasciasti Vana?» chiese allora in modo volutamente brusco, sperando di suscitare nell'altro una scossa nervosa che lo riconducesse a ragione. Sapeva bene la follia che può scatenare nella mente il tormento d'Eros: lui stesso era stato vicino a morte per male d'amore. Per nove giorni il suo corpo era giaciuto sul limitare del regno delle ombre, finché nel turbamento del sogno non gli era parso che tutti i suoi spiriti lo avessero abbandonato, mentre una visione giungeva ad annunciargli di esser già morto. Aveva narrato quell'esperienza nella *Vita Nuova*: e gli spiriti gentili di tutti i regni dell'impero non conoscevano la storia di Rudel, il trovatore morto d'amore in terra d'Oltremare mentre cercava di raggiungere la sua dolce Melisenda in Siria?

Terribile era la devastazione d'amore. Ma se l'animo trovava la forza di superare il primo e più terribile urto del male, allora, vinta la crisi, nell'anima scardinata le rovine d'amore, rese incorruttibili dal ricordo sopravvivevano fino alla morte, e si trasformavano in una forza invincibile che poteva riscaldare tutta la vita restante.

Casella s'era fatto scuro in volto, e taceva. Taceva anche Dante, ma il suo sguardo restava fermo negli occhi dell'amico. «È sparita nelle tenebre, appena fuori dell'uscio.»

«Perché l'hai abbandonata, senza farle da scorta? C'è il divieto assoluto di aggirarsi per Firenze di notte, e Vana sarebbe stata subito arrestata, se fosse stata colta dalla ronda fuori della sua casa. E solo un pazzo lascerebbe una donna aggirarsi da sola dopo il coprifuoco.» Aveva pronunciato la parola *pazzo* con dolcezza, come a voler condividere il dolore dell'altro.

«Non volle, e rise delle mie preghiere. Voleva essere sola. Doveva vedere qualcuno.»

C'era una nota di morte in quel *qualcuno*. Come un rancore sordo, che nemmeno il dolore più cocente riusciva a sommergere. Dante seguitava a guardarlo, e intanto riconsiderava il racconto di Guido Cavalcanti. Sentiva che il colpevole di quella ferocia doveva essere legato in qualche modo a quel convito. Che il delitto potesse essere opera di un estraneo gli appariva coincidenza troppo improbabile e meravigliosa: no, nel disegno dell'azione c'era inconfondibile la traccia dello spirito dell'Arte d'Amore, per quanto pervertito dalla mano del diavolo. E dunque uno degli ospiti doveva aver atteso Vana per aggredirla, e uno solo tra loro, perché la voluttà selvaggia che aveva infierito su quel corpo poteva esplodere solo nel silenzio e nella solitudine. Dante nello svolgimento delle sue funzioni pubbliche aveva già avuto modo di studiare l'esplodere della violenza collettiva, e sempre aveva colto quel segno di improvvisazione e di ottusa grossolanità che marchia il delitto dei molti, a fronte della bella perfidia cui giunge il male che si impossessi delle mani dell'uomo solo.

No, era certo che fosse stato uno di quelli. E seguitava a guardare Casella, perplesso per quel troppo amore.

6

18 luglio, prima di mezzanotte, casa del cantore Casella

La vedova che governava la casa in cui alloggiava Casella stava da qualche tempo in attesa davanti alla porta della sua stanza, tendendo l'orecchio al silenzio assoluto che proveniva dall'interno.

Erano ormai trascorsi molti minuti senza che alcun segno di risposta fosse venuto alle numerose richieste della donna, che era sempre più preoccupata. Il suo ospite era famoso per le stravaganze e per la sua dedizione al culto di Bacco, per cui sulle prime non si era stupita troppo di non percepire alcun segno di vita, in risposta ai suoi colpi contro l'anta di legno. Pensava che Casella giacesse in un suo sonno di piombo, annichilito dall'alcol speziato cui indulgeva. Come sempre più spesso era accaduto negli ultimi mesi, da quando i segni dell'infelice passione per quella donnaccia erano apparsi in tutta la loro evidenza.

Ma con il passare del tempo quel silenzio si era fatto minaccioso, e ora la donna indugiava con la mano sul chiavistello della porta, incerta se entrare ed esporsi alle esplosioni d'ira dell'uomo, che odiava esser visto nei suoi momenti di abiezione. Poi aveva varcato la soglia, gettando un raggio di luce della candela verso l'angolo della stanza occupato dal semplice letto di legno. Sul paglericcio disfatto giaceva il corpo di Casella, immobile, con già addosso il bianco della morte.

La vedova rimase in silenzio, per nulla turbata dalla visione: non era la prima volta che scopriva un cadavere nelle stanze della sua locanda. Ci sono luoghi dove gli uomini vanno a nascere, altri dove si nascondono, altri dove fanno l'amore. La sua era una casa dove si andava a morire. Si affrettò a impadronirsi dei pochi oggetti di valore e delle monete dell'uomo, poi chiamò ad alta voce la fantesca ordinandole di correre per il prete, perché un suo ospite era morto di dolore.

7

19 luglio, chiesa di San Piero, prime luci dell'alba

Dante era stato svegliato dal lento rintocco della campana a morto, ed era già in piedi quando un impiegato della Prioria si era annunciato alla sua porta, per riferirgli dell'accaduto. Da quando aveva ricevuto la carica di priore aveva abbandonato la propria casa, e si era come d'uso trasferito in una delle stanze del convento attiguo alla chiesa. Si precipitò verso l'abitazione dell'amico, dopo aver dato ordine che si cercasse di nuovo l'archiatra e lo si portasse *illico et immediate* sul luogo.

Adesso che una luce viva entrava dalla finestra d'angolo, la stanza in cui era morto Casella sembrava stranamente armoniosa e accogliente. Dappertutto giacevano accostati ai muri gli strumenti musicali più diversi, mentre un piccolo scrittoio era sommerso di grandi fogli di carta da panno, ricoperti di notazioni musicali vergate da una scrittura minuta e regolare, secondo il sistema che era stato introdotto da poco in Firenze, dai viaggiatori che commerciavano con le Fiandre. Sopra tutti ne giaceva uno non ancora ultimato: Dante lo prese in mano e cominciò a leggerlo. Riconobbe subito il testo come una versione della leggenda di Tristano e Isotta, che Casella stava trascrivendo dall'originale del chierico Tommaso. Lo colpì un passo, che il musico aveva sottolineato:

Se con te non ho la vita,
con te morte posso avere!
La morte del dolore mi consola.
La vita per amore hai perso, ed ora
io perdo la vita per amore.

Solo allora, per la prima volta, riuscì a guardare il volto dell'amico. Casella era ormai entrato nell'ombra da alcune ore, e i suoi tratti apparivano distesi e riappacificati come quelli di chi, chiamato dalla voce di Dio, ascolti ora il canto dei cori angelici.

O forse di chi, invece percosso dalla Sua ira, abbia disciolto nel nulla eterno il carico delle proprie colpe, egli stesso divenuto nulla. Osservava il suo viso scolpito dalla morte, e pensò che questa volta la morte gli aveva lasciato un'effigie da contemplare.

Si maledisse per non aver insistito nel suo interrogatorio, solo poche ore prima, e di averlo lasciato andare senza aver raccolto alcuna certezza. Adesso era troppo tardi. Fu quasi per interrogarlo ad alta voce, per chiedergli notizie del suo stato, per scuoterlo come tante volte aveva fatto da vivo. Chiedergli un'ultima volta la verità su Vana. Ma fu trattenuto dal rumore di passi che giungeva dalla scala. Si rivolse frettolosamente al protomedico, che nel frattempo era apparso sull'uscio, quasi volesse impedirgli ogni commento che potesse turbare i suoi pensieri: «Messer Cino, esaminate il corpo e ditemi le cause della morte, se da Natura o da mano umana provenga. E se ravvisate nel corpo i segni di maligna aggressione, ditemi allora per quali vie la Morte s'è fatta avanti, e per opera di chi, e come».

L'altro aveva già intrapreso una ispezione superficiale del cadavere, dopo aver proceduto a denudarlo. Poi, nell'ora successiva, l'archiatra si dedicò a un attento esame dei particolari della salma, che venne a lungo palpata e rovesciata più volte. L'esame non doveva aver soddisfatto il medico, che invece di fornire responsi appariva sempre più perplesso. Infine un allargarsi delle braccia e uno stringersi nelle spalle fu il segno che l'autopsia era terminata, ma che il referto era scarno: «Morte per mano di Dio, da natura determinata, messer Durante, ma per cause sue proprie e ignote. Nessun segno di violenza, né di veneficio per materia conosciuta» aggiunse poi, quasi a voler cautelare la propria fama scientifica, indicando i confini del proprio giudizio.

Era un modo più forbito di altri per dire "non lo so". Dante ripensava ai versi su cui aveva lavorato in ultimo il dolce amico, l'antica e dolorosa storia del giovane Tristano, morto di dolore. O meglio, di *tenerezza d'amore*. Ripensava allo strazio di Casella, alle sue proprie esperienze giovanili. Si poteva, fuori di un'esaltazione letteraria, *davvero*, morire di dolore? Sul tavolo, presso al capezzale del letto, restava ancora un semplice boccale di terracotta, che sembrava aver contenuto del vino. Lo accostò al naso, per cercarvi qualche odore sospetto. Poi ne saggiò con il dito una minima goccia che sembrava esser restata sul fondo.

Non gli parve di percepire nulla di insolito, ma tante pozioni velenose dovevano il loro funesto effetto proprio alla loro maschera d'innocenza. Che potesse esser quello il veicolo attraverso cui il veneficio e la morte s'erano impadroniti di Casella? Fece appello a tutte le nozioni di farmaceutica di cui disponeva, derivanti dagli studi che aveva svolto per sostenere l'esame di ammissione all'Arte degli Speziali: ripassò meticolosamente tutte le erbe e gli elementi portatori di morte, ma nessuno tra quelli a lui noti sapevano agire senza un segno sul corpo, uno spasmo delle viscere, un digrignare del volto.

Si può morire soltanto perché lo si vuole, ordinando alla nostra anima di spegnersi, come una candela percossa dal vento? E se invece Casella era stato ucciso, chi perseguitare per questa atrocità che si aggiungeva all'altra infamia? Perché in questo caso ripugnava alle sue facoltà razionali pensare che i due fatti non fossero connessi, come ogni evidenza della logica spingeva a ritenere.

Dante sentiva montare dentro di sé il furore che sempre lo assaliva di fronte all'impossibilità di comprendere. Quella rabbia che lo aveva portato fino alle cattedre dei maestri di Parigi. Che aveva distolto i suoi passi dal cammino verso

Dio. Che lo aveva gettato nelle tenebre di una foresta inquieta di simboli, disertata dalla luce divina.

Un giorno avrebbe scritto di quel traviamento, amaro come la morte. Ma adesso doveva continuare a indagare sui presenti a quel tragico convito, intorno a cui come in un gorgo di una palude infestata continuava a girare l'origine di tutto.

8

19 luglio, nella tarda mattinata

Dante aveva fatto convocare Gianni Alfani con una breve nota scritta, che una delle guardie di servizio aveva recato di prima mattina alla casa del poeta. Nella carta aveva vergato di suo pugno un saluto cortese e una generica richiesta d'incontro per una faccenda che lo assillava personalmente. Poteva messer Gianni passare a Sa Piero per prestargli aiuto?

Conosceva l'uomo da molto tempo, e non voleva che fosse raggiunto da un ordine di comparizione anonimo, minaccioso come sempre ci appare ogni chiamata della voce del potere, proprio per rispettare la loro antica consuetudine. Il bargellino attendeva impaziente in piedi che gli venisse consegnato il dispaccio da recapitare, senza spiegarsi perché il priore sembrava non volersi decidere a licenziarlo, e tornava sulle poche righe dello scritto correggendole e limandole come se stesse componendo un poema invece che un semplice atto burocratico.

Ma Dante non era stato preso da scrupoli estetici: si era solo reso conto all'improvviso di quanti anni fossero trascorsi dal loro ultimo incontro, e di come fosse difficile assumere un tono confidenziale con chi in fondo si scopre di non conoscere più. Poteva sembrare strano, in una città piccola come Firenze, dove nemmeno chi lo volesse riusciva a evitare di essere incontrato prima o poi per via. A meno che, come Alfani, non conducesse una vita estremamente riservata, quasi nascosta, di cui solo Dante e non molti altri conoscevano i segreti motivi.

Finito di scrivere quelle poche righe era restato immobile al suo scrittoio, con il mento appoggiato alle mani giunte a pensare al loro destinatario. Si chiedeva cosa fosse stato della sua vita, da quando non s'erano più frequentati. E non riusciva a vincere un sottile senso di colpa per quell'antica amicizia lasciata corrompere dal tempo e dalla trascuratezza. E dalla viltà.

Era passata quasi per intero un'ora, quando lo vide dalla finestra avvicinarsi a passi lenti, oscillando sulle sue gambe sottili e lunghe come trampoli, l'ombra schiacciata dal sole già alto nel cielo. Gli parve che procedesse a fatica, misurando attento i propri passi, come se il controllo dei movimenti richiedesse tutta la sua volontà. Si affrettò allora a andargli incontro lungo le scale, e lo accolse abbracciandolo mentre l'altro lo ricambiava con apparente eguale cordialità.

Il trascorrere del tempo non era stato generoso con lui, pensò mentre ne esplorava con lo sguardo l'intrico di rughe che gli solcava le guance giallastre. S'era aspettato i segni del disfacimento, ma quella diversità dolorosa gli dava la misura drammatica e precisa di quanto fosse mutata nel volgere di pochi anni la sua natura, se è vero che l'uomo reca sul volto la scrittura delle opere sue.

E però gli sembrava che anche l'altro, passato il primo entusiasmo, stentasse ora a ritrovare nelle fattezze del priore quelle dell'amico di un tempo. E lo percorreva con lo sguardo in tutta la persona, quasi cercasse in lui gli stessi segni di decadenza che sapeva impressi sul proprio corpo, le labbra serrate in una domanda silenziosa.

L'esplorazione reciproca si protraeva, divenne inquietante. Dante decise di spezzare la tensione:

«Speravo che ti avrei rivisto in circostanze più liete. Come quelle in cui ci davamo battaglia di versi, con te e Guido e Lapo» L'altro finalmente sorrise a quel ricordo che lo riportava indietro verso un'altra stagione della vita, prima che tutto precipitasse.

La loro amicizia era nata negli anni felici della gioventù,

quando Firenze, prima dell'esplodere delle lotte intestine, trionfava nel gioco e nella spensieratezza dei conviti. Quando le strade della città venivano percorse da cortei di giovani vestiti di bianco, al suono delle trombe, invece che dai drappelli di armati o dai carri dei mercanti in partenza per la Francia. E la gente ascoltava il canto dei poeti, invece delle chiacchiere dei politicanti. «E come copiavamo le cose dei palermitani!» aggiunse Gianni, stavolta con una risata aperta, che per un attimo sembrò spianare la sua fronte.

Anche a Dante veniva da ridere, adesso che riconosceva l'antica ironia dell'amico. Era difficile non rimpiangere quegli anni, quando tutti loro, giovanissimi, s'erano messi a imitare i modi di altri poeti più famosi, che erano giunti dalla Sicilia dopo la morte del grande Federico. Aveva cominciato a Bologna Guinicelli, appena più vecchio di loro, il più bravo a cogliere i segni dei tempi nuovi e a metterli in rima. Un genio, il primo Guido, che aveva insegnato a tutti loro. E così era nato il sodalizio dei Fedeli d'Amore, e quel dolce stile nuovo in cui il poeta s'era subito distinto, tanto da risalire in breve la gerarchia del gruppo e raggiungerne il vertice, nonostante fosse il più giovane di tutti loro, e disputarlo all'altro Guido, il nobile Cavalcanti.

Dante continuava a fissare quell'uomo, cercando ostinatamente dietro i suoi tratti ormai quasi estranei il ricordo di quel Gianni che era stato sempre al loro fianco, nelle battaglie contro i nemici di gentilezza e cortesia.

Adesso che nelle dispute cittadine era in gioco spesso la vita a colpi di spada, gli sembrava impossibile che solo pochi anni prima ci si potesse scontrare con l'arma della penna, e solo per strappare a un altro poeta la corona della gloria letteraria. Allora sembrava che i loro soli nemici fossero la feroce rozzezza di preti intolleranti e aristocratici altezzosi, tutti protesi a schiacciare il loro desiderio di libertà e di bellezza, a riportarli sotto le grinfie dell'ordine predicato nelle scuole di teologia.

E loro invece a vivere gli amori e le beffe più atroci ai danni di tanti sciocchi mariti di Firenze, trascinandosi in situazioni che solo la follia giovanile poteva adesso giustificare.

E anche quando Dante, preso dalla passione pubblica, s'era pian piano distaccato dalle loro riunioni e dalle loro imprese letterarie, pure immutati erano restati ricordi e affetto tra loro. I due poeti continuavano a guardarsi, gli occhi negli occhi come a voler riconfermare l'antica amicizia. Ma Dante sentiva che il vuoto che il tempo aveva insinuato tra loro era ormai incolmabile. Disse: «Amico, quand'è che ci siamo smarriti?» con una sfumatura di tristezza nella voce.

Smarriti, era quella la parola. Come se a una svolta inattesa del sentiero ognuno di loro avesse preso per una direzione diversa, senza avvedersi degli altri e pensando invece di averli sempre accanto, senza accorgersi delle loro voci sempre più lontane e perse.

«Fratello, tu ci hai lasciato per correre avanti, e sembri aver dimenticato l'amore per la nostra donna, che è Sapienza Santa.» Gianni aveva parlato a bassa voce, come timoroso di essere udito da qualcun altro. Dante accennò a un sorriso, a quelle parole. Erano anni che non sentiva più quell'espressione. *Sapienza Santa*. I termini con cui i Fedeli indicavano negli scritti il sogno intellettuale di una fusione armonica tra la parola di Cristo e le conquiste della mente umana. Il tentativo eroico di conciliare fede e ragione. E, poi, dopo il suo fallimento, l'idea che fede e ragione potessero coesistere in un universo intellettuale in cui convivessero due verità, di eguale valore.

Un'idea che era stata portata tra loro dai primi che avevano saputo delle opere di Averroè e dei seguaci suoi, e tra i più entusiasti Guido, che se ne era fatto acceso banditore. E lui stesso ne era stato contagiato, e aveva creduto per un certo tempo alla possibilità di un Dio conoscibile per la sola forza di intelletto. Aveva respinto da sé il bisogno di Grazia, mentre correva libero e leggero sulle strade di Francia, sentendosi onnipotente, in cerca di altre parole che dessero fondamenti alle sue convinzioni. Ma si era arrestato sul limite, mentre Guido lo aveva varcato. Per lui sola abitatrice del mondo era divenuta la materia, animata sì da forze misteriose, ma definitivamente disertata da Dio. Così aveva sciolto la contraddizione insanabile, a suo modo, tagliando il nodo con un colpo di spada netto.

Era stata l'origine della loro separazione, lui intento a cercare dove fosse Dio, mentre Guido s'appassionava da quel momento a dimostrare che Dio non fosse. E Gianni Alfani? Dove lo avevano portato i Fedeli?

«È certo Sapienza, ma a Dio deve condurci, e primi noi, che siamo i suoi cantori.» disse allora Dante, per riprendere le parole dell'altro.

«A Dio dopo, amico, ma prima alla giustizia in terra. Giustizia che si invera nel saggio dominio dell'incaricato di Dio, *Dei potestas in terra*. Verrà un Veltro, Dante, che ricaccerà in Inferno l'arroganza e la ferocia della Puttana di Babilonia, papa Bonifacio. Che sprofondi in Averno a capofitto in una tomba di fuoco, lui vera e sola Morte in terra!»

Dante lo ascoltava con attenzione apparente, sorridendo e cercando di rispondere a senso con dei monosillabi, mentre in realtà rifletteva sui possibili significati occulti di quanto quello andava dicendo. Pareva, dalle parole dell'altro, che la *Sapienza Santa* non fosse la filosofia illuminata dalla fede, come aveva inteso ogni volta che aveva trovato questa espressione nelle lettere e negli scritti dei suoi compagni d'arte. Nel tono di Gianni gli sembrava adesso di leggere un senso riposto, come se quello intendesse qualcosa di diverso, non più un concetto ma una sorta di pratica operativa, in qualche modo paradossalmente in conflitto con la Chiesa cristiana di Roma.

Quella Chiesa che avrebbe dovuto essere il fondamento stesso della saggezza, e che proprio l'arroganza di Bonifacio stava facendo decadere a mercimonio e corruttela. «Dici bene, amico. Certo Bonifacio non è il Vicario che ogni buon cristiano si sarebbe atteso come guida. Ma pure è l'uomo che la volontà di Dio ci ha assegnato: forse il tuo odio tanto acceso trapassa il segno e insulta la volontà divina. E da quando i Fedeli d'Amore segnano di rancore le loro parole?»

Gianni s'era fatto di colpo scuro in volto, come se le parole di Dante avessero riaperto il solco tra di loro, rimarcando dolorosamente la loro attuale estraneità. «Tu non comprendi ancora, Dante. Ma tutto ti sarà chiaro, quando sarà il tempo. E più non ti dico e più non ti rispondo» aggiunse poi, tornando per un istante all'antico sorriso, il Gianni di sempre, scanzonato «anche se la tua convocazione a palazzo mi è giunta mentre ero intento in ben altra opera di poesia, molto più gradita della faccia del bargellino che mi hai inviato. E dunque quale è il motivo vero di questo invito, visto che non sono le parole d'Amore che ti interessano ora?»

«La morte di Vana, e la tua presenza al convito di Guido, e quello che avvenne. E tutto quello che tu facesti in quelle ore, e subito dopo.»

La sua voce s'era fatta seria. Gianni Alfani lo guardava in silenzio, come messosi sulle difensive. Dante non voleva offendere con i suoi sospetti l'amico, ma non poteva trascurare che il suo nome era tra quelli di chi aveva diviso le ultime ore con Vana. Così continuò: «Perché ritengo che in quell'incontro stia la radice del delitto. E vorrei che voi che foste presenti, e che mi onorate del nome di amico, veniste in mio soccorso con le vostre intelligenze. Rivelandomi tutti i particolari di cui siate a conoscenza su questa storia terribile. Perché un delitto così immondo non rimanga impunito, e l'anima di Vana trovi la pace della giustizia. Se tu avessi visto quel corpo sfigurato, Gianni» e stava per continuare, dopo un attimo in cui l'orrore dell'immagine ricordata lo aveva raggelato, quando l'altro lo interruppe con animazione.

«Pensi che qualcuno di noi abbia ucciso la povera Vana, dunque? Oppure che tutti insieme, per accordo maligno, abbiamo posto fine alla sua vita? Ma ti sembra possibile? Noi? Dante!» la sua voce adesso era salita di tono, mentre il colore dello sdegno si faceva strada tra le parole: «Ma ti ricordi di chi stai parlando? Degli uomini che forse conosci meglio in Firenze!»

C'era nella sua voce qualcosa che andava oltre la dignità offesa. C'era la paura. E Dante sapeva perché l'idea di essere accostato alla morte di Vana lo aveva così turbato, e tacque, meditabondo. Pure le parole dell'altro gli avevano ricordato di colpo l'enormità di quanto stava pensando. Ma non riusciva a togliersi dalla mente che la chiave di tutto ruotasse intorno a quei sei. Come aveva detto Gianni Alfani? Gli uomini che conosceva meglio in Firenze. Forse sarebbe stato più giusto dire gli uomini che meglio aveva conosciuto un tempo. E poi c'era Martino da Vinegia, del tutto ignoto se non per la sua fama di sapiente.

«È la ragione stessa che vuole ch'io sospetti di uno di voi» disse allora, cercando di mitigare l'offesa implicita nelle sue parole. «Essa mi rende certo che il delitto sia in qualche modo collegato con quella sera, e forse avvenne durante quelle ore qualcosa che potrebbe rivelarsi una utile traccia. Hai notato niente d'insolito, o che ti abbia colpito per qualche aspetto?»

Gianni Alfani rimase in silenzio. Sembrava diviso tra il desiderio di aiutare l'amico, e la convinzione di non poter rivelare niente di utile. O forse era la cura di non danneggiare in nessun modo qualcuno degli altri? O forse era solo il desiderio di proteggere se stesso? Comunque pareva rinfrancato dal tono più conciliante dell'altro. Prese quindi a descrivere ciò che ricordava di quella notte.

Le parole del suo racconto si snodavano lente e precise, senza alcuna pausa o riflessione, come se venissero lette in qualche pagina nascosta del suo animo. Erano le stesse, alla lettera, con cui Guido aveva descritto a sua volta i fatti accaduti, e le motivazioni dell'incontro. Più di una volta Dante fu sul punto di interromperlo, tanto forte montava in lui il sospetto che l'altro stesse recitando una parte concertata.

Ma ogni volta si trattenne, pensando che se stava mentendo sarebbe stato più utile fingere di credergli, nella speranza che potesse tradirsi, svelandogli qualche elemento non desiderato. Si limitò a insistere per avere altri particolari, tornando a chiedergli se ci fosse stato qualcosa di strano nelle parole o negli atti dei presenti. Quello aveva negato più volte, poi di colpo il suo volto s'era rischiarato, come se gli tornasse in mente un fatto che adesso, dopo l'insistenza di Dante, gli appariva per la prima volta sotto un luce diversa che quella notte non aveva notato.

«Forse c'è stato qualcosa.»

Dante si tese come una lama. «Cosa?»

«Una cosa forse insignificante, ma certo insolita. Una cosa che Vana disse in una pausa del suo canto. Disse che stava per partire per Roma. Sarebbe andata in pellegrinaggio.»

«In pellegrinaggio?» ripeté Dante, stupito.

«Sì, disse proprio così. Te la immagini, Vana, pellegrina? Come se alla taverna del Bandinello si andasse per cantar messa» e Gianni scoppiò a ridere, con quel suo riso argentino, contagioso.

No, neppure Dante riusciva a immaginare Vana del Moggio nelle vesti di una pellegrina salmodiante. Anche lui scoppiò a ridere. Per un momento il volto della donna era riapparso nella sua mente in tutto il suo splendore, sovrapponendosi e cancellando l'orrore di quello squarcio che l'aveva cancellata. Rimasero così, a lungo, a scambiarsi gli ultimi versi d'amore, a narrarsi gli incroci delle loro storie.

E mentre l'altro parlava, Dante continuava a pensare all'uomo che aveva di fronte. Con lo spirito perso nelle rime dolci e leggiadre. Con affetto e con dolore. E si chiedeva quale demone si fosse impossessato della sua anima, respirandogli sotto la pelle. Perché lui sapeva di Gianni quello che a pochi era noto in Firenze, al di fuori della cerchia dei Fedeli. Quale verme avesse corroso le sue fattezze fino a scolpirgli addosso quella maschera di vecchiezza con cui gli era apparso davanti.

Quell'uomo che era stato poeta sottile era sin dalla giovinezza lacerato da periodici attacchi di follia caduca, il male divino che gli avvelenava la mente a ogni ritorno di luna piena. Allora doveva esser chiuso nella sua stanza, e legato per impedirgli di lacerare in brani le sue stesse carni o di gettarsi con furia cieca sul corpo di chiunque avesse la sfortuna di giungere alla portata delle sue unghie, prima di crollare a terra divorato dal tremore. Poi, risvegliato, la bocca ancora piena di bava verdastra, diceva di essersi sentito lupo, o cinghiale, o gatto selvatico, o tigre, mentre riscopriva il mondo con lo sguardo ancora vitreo.

Una volta, quando ancora le loro vite si intrecciavano, era stato lui stesso ad accorrere per salvarlo in un postribolo dove quello si era scatenato posseduto dal demone, e dove stava per essere ucciso dagli aiutanti della padrona, decisi a strappargli una ragazza terrorizzata dagli artigli.

C'era voluta tutta l'autorità e la capacità dialettica di Dante, e un buon numero di fiorini, per mettere a tacere la faccenda, e tener fuori il Bargello. Ma pure le voci erano circolate, e c'era chi diceva che anche il diavolo s'era fatto poeta, a Firenze. E adesso che le loro strade si incrociavano di nuovo intorno a un delitto, tutti i particolari di quell'episodio terribile tornavano a riaccendersi nella sua mente, trascinandolo in una rete di sospetti sempre più intricata.

Ripensava a questo, senza quasi più intendere le parole che l'altro continuava a rivolgergli, con il suo tono pacato e lo sguardo mite dell'uomo innocente. Ma Dante aveva ormai distolto lo sguardo dal suo volto, e riusciva a vedere soltanto le sue mani.

Fu solo dopo averlo salutato ed essere tornato in strada, lontano dal suo sguardo vuoto, che riuscì a scuotersi e a tornare a esaminare razionalmente la situazione. Voleva vincere il pregiudizio che lo aveva colto ripensando al passato dell'amico. Certo l'assassinio di Vana presentava dei tratti bestiali, sinistramente contigui ai modi della follia di Alfani. Ma era una ferocia incastonata al centro di un disegno razionale, di natura simbolica. E minutamente ordinato e realizzato. Mentre la follia è invece discorso direttissimo, immediato. Assoluta negazione proprio di ogni valenza simbolica dell'esistere. La follia è regressione verso il semplice, e non mai salita verso il complesso.

No. Gianni Alfani avrebbe potuto uccidere Vana durante uno degli attacchi del suo male. Ma poi sarebbe restato accanto al suo corpo fatto a brani, le unghie e i denti intrisi di sangue, chino su di lei a roderne le ossa, preso dall'estasi fino a perderne i sensi. E così sarebbe stato trovato, poi, e mandato a morte come mostro.

A meno che. A meno che qualcun altro non lo avesse aiutato nell'esecuzione del delitto, sfruttando la sua cieca brutalità per i suoi fini occulti, cogliendo così il frutto caduto dall'albero scrollato dalla pazzia di quello. Che ci fosse una traccia di ciò, nelle sue parole? Riprese a interrogarsi sulle sue parole enigmatiche. Perché un Veltro, e perché la nascita tra feltro e feltro? Che significava quell'oscura allegoria? Qualcuno nato in Moltefeltro, o sorto di povera condizione, tra panni di feltro anziché di porpora? Oppure un figlio della famiglia Este. Non gli pareva che di lì potesse sortire un capo carismatico, da un piccolo feudo imperiale, una marca di confine.

Eppure Alfani stava per dirgli qualcosa, qualcosa che con tutta evidenza riguardava i Fedeli d'Amore. Certo Dante conosceva benissimo il duplice volto dell'amore dei Fedeli, questo Giano bifronte: innamorati dell'amore e delle donne, e insieme dell'indipendenza politica e della libertà intellettuale. Ma questo avveniva all'epoca della sua frequentazione del gruppo, solo pochi anni prima e sembrava ormai un'altra età. Chi poteva dire quale fossero realmente adesso le loro idee, come si fosse sviluppata la loro ideologia?

Ne erano corse di polemiche e di allusioni sul conto dei poeti di Linguadoca, al tempo della peste albigese. Quanti erano ancora convinti che le voci d'amore dei trovatori avessero in realtà mascherato l'eresia catara nelle corti del Mezzogiorno? Quando egli stesso aveva scritto la *Vita Nuova*, aveva chiamato con il nome di Beatrice la sapienza che "indìa": ma nello stesso nome c'era pure tutta la dolcezza delle braccia che aveva stretto e delle labbra che aveva baciato.

Insieme con loro aveva scoperto e cantato quella nobiltà d'animo che sola dignifica l'uomo, contro gli antichi privilegi del sangue: ma dalle parole di Gianni Alfani sembrava adesso che i Fedeli fossero scivolati del tutto sul lago ghiacciato dell'azione politica. E se l'allusione di quello al *feltro* si riferiva alla provenienza geografica, forse voleva dire che l'amico cercava di indicargli per enigmi la figura di maestro Martino, che appunto da quella terra proveniva.

Il suo primo impulso era stato quello di ordinare la convocazione del vecchio a palazzo, per interrogarlo: ma un immediato ripensamento l'aveva trattenuto dal compiere un gesto che poteva rivelarsi avventato. Gli ultimo anni nel crogiolo della politica fiorentina gli avevano insegnato a temperare gli impulsi. Martino non era solo un famoso saggio, noto presso tutta la schiera degli uomini di senno d'Italia: fosse stato per questo solo, niente lo avrebbe strappato ai tratti di corda, per conoscere da lui almeno l'ombra del vero.

Martino era però l'incaricato d'affari del Leone di San Marco: e se uno sbaglio o anche solo un'indelicatezza di Dante avesse rischiato di compromettere il grande affare che egli era venuto a trattare, tutta l'arte di Calimala si sarebbe scatenata a chiedere la crocifissione del Consiglio dei Priori in carica. Per Dante sarebbe stata la morte civile da subito, e poi la vendetta avrebbe colpito la sua carne e quella della sua schiatta. Era notizia recente, e la si raccontava a mezza voce, ma con aria di compiacimento, di come due messi dell'Arte avessero inseguito fino in terra di Francia un tintore fuggito con il segreto della coloritura dei panni, e di come raggiunto lo avevano fatto a pezzi insieme con la donna nella cui casa s'era nascosto, per poi tornarsene in patria mondi e rallegrati.

No, occorreva prudenza e misura. Decise quindi di recarsi lui dall'incaricato d'affari, discretamente e senza scorta, chiedendogli udienza sotto il velame di un incontro di cortesia cerimoniale.

Mentre valutava questi fatti, si rese conto di non ricordare quale fosse in quei giorni il volto della luna. Doveva scrutare il cielo, questa notte.

9

Lo stesso giorno, verso la metà del giorno,
nella residenza di Martino da Vinegia

Dante aveva dovuto superare il successivo controllo di più funzionari della legazione, tutti schiavi della Repubblica abbigliati alla turchesca muti e sospettosi, prima di poter accedere alle stanze del maestro, finalmente annunciato: e aveva ben capito che solo le insegne e il titolo di priore gli avevano aperto le porte che ad altri sarebbero restate implacabilmente sbarrate, tanto apparivano caute le mosse dei sorveglianti.

Nonostante l'attuale periodo di relativa pace con la Mezzaluna, Dante diffidava di quella gentaglia. Mori lascivi e poligami, violenti e pervertiti. Eredi imbastarditi di quella grande razza che aveva dominato nella terra dei Persi, e fatto della città di Harun il Benguidato la nuova Gerusalemme dei sapienti. E quelli l'avevano trasformata in una spelonca di ladri, devastatori delle coste, pirati di donne e bambini. Ma grazie a Dio c'era ancora l'Ordine del Tempio, e prima o poi una crociata avrebbe fatto giustizia di quei tristi seguaci di Maometto.

Non s'era mai saputo spiegare come il grande Federico potesse aver avuto tanta considerazione per quei pagani. Ma forse aveva trovato in loro quei maestri di ferocia di cui il suo istinto guerresco sentiva di aver bisogno per restare in arcione sul suo regno.

Li sorvegliava con la coda dell'occhio attraverso il varco della porta lasciata dischiusa, attento al loro andirivieni, reso ancora più inquietante dall'assoluta silenziosità delle loro strane pantofole di lana. Falsi anche nel passo. Lo avevano lasciato da solo in una sala arredata da due semplici cattedre lignee di foggia monastica, ad attendere per un tempo misurato esattamente sull'intendimento di intimidire l'ospite, senza però varcare decisamente i limiti dell'offesa e della convenienza. E infatti, proprio nell'istante esatto in cui Dante cominciava ad avvampare, la porta di fondo si aprì silenziosa, e apparve Martino.

Aveva già visto da lontano la figura dell'uomo. Ma adesso, sotto la volta istoriata della sala, il suo corpo risaltava con la maestosità di una statua romana. Tutto il vano dell'arco era riempito dalla sua persona, altissima come dicono sia dei popoli di Alemagna. Completamente canuto, lunghi capelli e barba a spiovere sulle spalle e sul petto, rivestito di un abito azzurrino di foggia orientale, il cui bordo sfiorava la terra invece di arrestarsi alle caviglie secondo l'uso fiorentino, gli occhi chiari iniettati di sangue come per una infausta infiammazione della congiuntiva o per ininterrotte veglie notturne.

Con le mani nascoste nelle ampie maniche dell'abito lo fissava senza pronunciare una parola né accennare a saluto, immobile. Dante egualmente lo osservava in silenzio. Anche se colpito dalla singolare apparizione, si trattenne volutamente a sedere un istante più di quello che avrebbe richiesto perfetta cortesia, per fare vendetta dell'attesa cui era stato sottoposto, lui, Dante Alighieri, poeta e priore di Firenze. Quando gli parve di aver atteso il giusto si alzò, avanzando lentamente verso l'altro. Il silenzio fu rotto per primo da Martino: l'uomo si rivolse a Dante appellandolo con una breve frase nell'idioma musicale d'Occitania, dove la melodia dei suoni non nascondeva la secca domanda su chi egli fosse e cosa volesse dal delegato di San Marco.

«*Tan m'abellis votre cortes deman, qu'ieu no me puesc ni voill a vos coprire*» cominciò allora Dante, mentre l'altro alzava leggermente le sopracciglia, sorpreso per la pronta reazione del priore che aveva immaginato uomo da poco e privo di lettere come tutti i mercanti arricchiti che aveva conosciuto nelle sue trattative con le autorità fiorentine. Levò quindi una mano a fermarlo, accennando per la prima volta a un tenue sorriso: «Non serve che ci misuriamo in terra di Francia. Intendo egualmente il vostro idioma, come voi sembrate intendere il mio. Rispondete dunque alla mia preghiera in lingua d'Italia, perché d'Italia siamo entrambi figli».

«Sono Dante degli Alighieri, priore del Comune, incaricato di investigazione criminale intorno a un delitto, avvenuto per mano diabolica nella Città. Sono Dante, il poeta.» Teneva sempre a chiudere le sue presentazioni con quel titolo di poeta , il sigillo della vera nobiltà che prima o poi gli sarebbe stato da tutti riconosciuta, magari con la corona d'alloro benedetta in San Giovanni.

Martino non sembrava aver ascoltato per intero la frase: già alle prime parole aveva sgranato gli occhi infuocati, interrompendolo con foga: «Volete dire quel Dante fiorentino, che scrisse della sua *Vita Nuova*, principe tra i Fedeli d'Amore, e che Guido chiama primo tra i suoi amici! Quel Dante?.

Dante, sì proprio quel Dante, sentiva il volto andarsene in fiamma: l'iniziale prevenzione nei confronti del vecchio era disparsa come un fantasma notturno ai primi raggi del nuovo sole, e il miele dell'adulazione invadeva la sua anima. Corsero a stringersi nelle braccia l'un l'altro. Dante avvertiva nella stretta l'insospettabile vigoria fisica dell'altro, e insieme uno strano profumo dolciastro che sembrava provenire dalle sue vesti, come di fiori macerati in una tintura d'alcol.

«Sono qui per una triste incombenza, maestro, le cui necessità mi strappano al piacere di discutere con voi i nostri versi. Voi sapete di certo della tragica morte della cantatrice che allietò il convito a palazzo Cavalcanti, convito cui anche voi avete partecipato. E nella notte si è ricongiunto con Dio anche l'uomo che la accompagnava, il musico Casella.»

«Ucciso? Anch'egli?»

«Non parrebbe, o almeno non abbiamo rilevato evidenza del fatto» replicò Dante, colpito dalla rapidità con cui l'altro aveva data certezza a quella che al momento non era che una ipotesi. «Forse è oltrepassato chiamato da sola natura, ma siamo nel dubbio. Per questo chiedo il vostro aiuto di uomo saggio. Narratemi cosa avvenne in quel convito, che è all'apparenza radice prima del delitto.»

«Nulla degno del ricordo, messer Dante, se non per noi che onoriamo con passione e scienza e arte. Si discusse degli ultimi versi dei Fedeli d'Amore e del loro riunirsi in Corte poetica, e di come nella disgraziata terra d'Italia, mancando una reale corte di Governo, agli spiriti eletti non resti appunto che riunirsi idealmente nella Corte delle Lettere, che non può per sua natura che essere Corte d'Amore, come penso anche voi crediate; mentre i due cantori intonavano le loro melodie e sembravano accesi di passione l'un l'altro, e forse oltre la giusta misura, se vi fidate del giudizio di un uomo che ha visto molto nel corso della sua vita.»

«Intendete dire?» chiese Dante, aggrottando le ciglia. Anche Martino sembrava far cenno alla morbosa passione di Casella.

«Intendo che c'era qualcosa di insano e insieme di perduto nel modo in cui quei due si guardavano e si stringevano le mani, e mescolavano gli umori del proprio fiato nello sforzo dell'arte. Avevano varcato il confine del lecito, e c'era nell'umidità dei loro occhi il marchio che il demonio stampa nello sguardo dei suoi adepti.»

Dante seguiva con attenzione le parole dell'altro, cercando di penetrarne il senso più profondo. Stava cercando di indicargli una pista? Che il delitto facesse parte di una malvagità più ampia, e che un Male più profondo di quello triste degli uomini ne tenesse le fila? «Vi colpì in particolare qualcosa, dei dialoghi?»

L'altro taceva riflettendo. Poi «Sì, ci fu un episodio che mi colpì» aggiunse. «I cantori si interrompevano per una breve pausa al termine di ogni canzone, restando in silenzio per ritemprare le forze, assorti in quella reciproca estasi che vi dicevo. Non si muovevano dall'angolo della sala che era stato destinato alla musica, talora si sedevano brevemente sulle panche allineate contro la parete, scambiando solo qualche breve parola, sembrava per accordarsi sulla prossima esecuzione. E devo dirvi che mi parve strano che una donna tanto bella fosse stata relegata in un luogo così distante da noi che pure gioivamo del suo canto. Era come se quella separazione volesse significare una sorta di *noli me tangere* gridato al mondo, di cui tutti dovevano prendere atto. Ma una volta, verso la fine della notte, messer Casella durante la pausa di silenzio si avvicinò a noi cinque. In quel punto, ricordo bene, messer Lapo ci narrava l'ultimo imprigionamento di quel bello spirito dell'Angiolieri, il vostro straordinario conterraneo, e della sua perenne lite con i parenti, che lo stanno coprendo di infamia per tutta la terra di Siena. Ma il cantore sembrava agitato, come desideroso di entrare in argomento senza trovare il destro o le parole per farlo.»

A Dante sarebbe piaciuto farsi narrare qualche pettegolezzo recente su quel furbastro di Cecco, magari per servirsene contro di lui nel prossimo scontro in versi. Ma non gli parve opportuno distrarre l'attenzione da quanto l'altro andava narrando. Si morse la lingua, ricacciando indietro la curiosità. «Cosa lo spingeva ad avvicinarsi?»

«Da prima credetti che volesse attirare la nostra attenzione su qualche particolare aspetto della musica: guardava tutti noi senza soffermarsi su nessuno in particolare. Poi si rivolse decisamente a me, anche se avevo l'impressione che con la coda dell'occhio guardasse in realtà più gli altri che me cui si appellava ...»

Dante lo interruppe «Aveste l'impressione che temesse qualcuno di loro?»

«No, sembrava piuttosto che volesse controllare la reazione degli altri a quello che stava per dire. Ma si rivolse dunque a me, e disse: "Messer Martino, è fama universale la vostra maestria nel trarre oroscopi dalla volta del cielo". E prima di darmi tempo di dire alcunché, continuò in affanno come se recitasse qualcosa di stampato nella memoria: "È vero, come dicono, che alle Idi di Agosto Venere e Marte e Mercurio si congiungeranno in *stellium* nel segno gemello, e questo per Firenze e tutta Italia sarà foriero di tempi grandi e meravigliosi?".»

«Disse queste parole precise?»

«Sì, e confesso che rimasi stupito di tanta precisione in una materia così oscura per il profano. Dal tono era evidente che ripeteva una informazione ricevuta da altri, e che a stento capiva. Ma i termini del fatto erano precisi, e chi glieli aveva rivelati doveva essere esperto di arte giudiziale. Non sapevo se addentrarmi in una risposta approfondita, non sembravano le circostanze giuste: così mi limitai a confermare genericamente quella interpretazione, senza aggiungere molto. Lui ascoltava con la massima attenzione, quasi fuori di sé, e probabilmente avrebbe aggiunto altro. Ma s'era intanto avvicinata monna Vana, come per richiamarlo al canto. Lui cambiò rapidamente discorso, e ripresero una canzone.»

Martino s'era arrestato, e guardava Dante come se fosse stato in attesa di qualche osservazione. Poi, vedendo che l'altro taceva, seguitò fissandolo negli occhi: «Voi siete iniziato alle arti della prescienza?».

«Conosco la natura dei corpi celesti e la legge dei loro moti, se è questo che intendete. E so il modo di trarre auspici dalle figure che essi disegnano con i loro angoli sulla volta celeste.»

L'altro seguitava a fissarlo, come se si aspettasse qualcosa di più. Dante intuì che volesse trascinarlo su un terreno pericoloso, forse per sondarne le intime convinzioni. Si mise in guardia, attento anche a ogni sfumatura delle parole. Ma fu l'altro a continuare: «È una strada irta di pericoli, che è bene percorrere in pochi. Conoscere, seppure per approssimazione, il percorso degli eventi futuri conferisce grande potere sulla vita degli uomini. Ed è bene che questo potere non esca dalle mani di quella cerchia di uomini che sanno avvalersene per opere di giustizia».

«Conoscere, seppure per approssimazione, gli eventi futuri, significa entrare nella mente di Dio. E questa è opera pericolosamente affine all'insulto di mastro Adamo, che volle appunto alla mente di Dio equipararsi. E della cui follia noi tutti scontiamo in eterno le conseguenze, con il dolore e la morte.»

Sembrò che Martino volesse replicare qualcosa, ma poi, dopo un attimo di incertezza, tornò sulla narrazione degli eventi della notte, come deluso dall'evidente ritrosia del priore a seguirlo in quella conversazione. Solo per un istante, nel leggero inarcarsi delle spalle e nel sollevarsi della sua fronte, a Dante parve di percepire il segno della battaglia intellettuale che era stata per scatenarsi. E in fondo se ne rammaricava, sentendo di aver perso una occasione per misurarsi con l'altro su di un terreno che sentiva più suo. «In ogni caso il cantore parve rassicurato dalle mie spiegazioni, anche se il suo stato d'eccitazione restava immutato.»

«E gli altri?»

«Erano rimasti tutti in silenzio. Lo guardavano senza muoversi. Quell'uomo era fuori di sé, messer Dante. Quell'uomo era pericoloso.»

Dante pensava che fossero in molti a esser pericolosi, tra quelli coinvolti a vario titolo nella vicenda. «Ho letto i vostri scritti sull'uso medico delle erbe venefiche, maestro. L'Arte degli Speziali cui mi onoro di appartenere ne conserva copia nella sua Casa: è vero che la mandragora rianima il cuore nella veglia, ma lo ferma nel sonno? E che basta la sua tintura per condurre a morte?»

«Sono vere queste e altre cose, messer Dante, ed è nostra cura operare perché gli effetti dei farmaci giovino alla vita e non la cancellino. Come per la forza degli astri che pure ci sovrasta, il cielo i nostri movimenti inizia» si interruppe brevemente, fissandolo negli occhi «ma lume c'è dato a bene e a malizia.»

Bella coppia di endecasillabi, pensò Dante fissandoli nella mente, e anche parole messe bene per rima. Se ne sarebbe ricordato, prima o poi.

10

Stesso giorno, nell'ora successiva, dimora di Lapo Gianni

A Dante servivano altre tessere per ricostruire l'incerto mosaico che andava prendendo stentatamente corpo nella sua mente. In realtà si accorgeva di aver scoperto finora poco o nulla. Non aveva nemmeno certezza sulle cause della morte di Casella, anche se tutte le circostanze gli facevano propendere per l'omicidio.

Decise di proseguire i colloqui con gli uomini che erano stati presenti al convito. Finora, e stranamente, non era emersa alcuna contraddizione nei loro racconti, e più forte in lui andava crescendo il sospetto che potesse esserci un qualche accordo nelle loro testimonianze. Nella sua esperienza raramente i presenti a un qualsiasi avvenimento ne mantenevano poi memoria eguale, come se le tracce dei fatti si depositassero nella mente secondo le forme dell'anima di ciascuno. Come se ognuno fosse disposto ad accettare solo una parte della realtà, restandogli il tutto inconoscibile. Ma quelli sembravano invece aver vissuto all'unisono la stessa esperienza, quasi fossero le diverse maschere di uno stesso attore. Mancava ancora di ascoltare l'ultimo degli invitati al convito, Lapo Gianni. Visto che si trovava più vicino alla sua dimora che al convento di San Piero, decise di recarsi da lui direttamente, risparmiandosi il rito della convocazione.

Lungo il tratto di strada, tra i turbini di polvere che si levavano dal selciato infuocato dai raggi del sole, ripercorreva col pensiero tutto l'incontro avuto con maestro Martino. Ma per quanto cercasse di ricordare e mettere in ordine con la massima attenzione quanto quello gli aveva narrato della tragica notte, la sua mente non riusciva a dimenticare l'impressione esercitata dalla figura fisica del vecchio. L'immagine di quell'uomo gli si era stampata nell'anima con la forza di un'apparizione ultraterrena. E più passava l'ora, più essa riemergeva prepotente, mentre le sue parole tendevano invece a scolorire sullo sfondo.

Soprattutto gli si agitava nel ricordo il suo strano modo di muoversi, come di un corpo dotato di forze smisurate, ma totalmente dominate da una mente ancor più forte. Anni prima, in una delle feste popolari organizzate dalle Arti, era restato a lungo a osservare una tigre immobile oltre le sbarre di ferro della gabbia in cui era stata esposta agli sguardi dei fiorentini sbalorditi, languida come un gatto assonnato. E allora come adesso aveva provato la stessa sensazione di trovarsi davanti a una forza sovrumana, capace di travolgere tutto, se solo avesse deciso di manifestarsi. Ancora oggi restava convinto che quella fiera, catturata in chissà quale plaga d'oriente, avrebbe potuto liberarsi in ogni momento della sua prigione, come Martino sembrava in grado di oltrepassare i limiti della propria età.

Non era proprio a una tigre che i padri della Chiesa avevano paragonato il Cristo? E se anche l'inferno avesse le sue tigri?

Intanto aveva raggiunto la dimora di Lapo. Si annunciò alla porta ed entrò nella modesta abitazione, poco più che una capanna appoggiata al muro perimetrale di una costruzione più grande. Trovò l'amico al tavolo da lavoro, intento alla trascrizione di una canzone su un foglio di carta da panno. Gli disse brevemente il motivo della sua visita, ma quello sembrava restare con il pensiero fisso alla sua opera. Dante ebbe l'impressione che lo ascoltasse in modo volutamente distratto, come se non volesse tornare con la mente al fatto orribile che lui gli rievocava con le parole.

«Sto ricopiando questo mio ultimo scritto per un Fedele di Volterra, con cui sono in corrispondenza» disse con un sorriso timido, accentuato dalla forte miopia, come incerto se mostrare l'opera che stringeva nelle mani. Sembrava combattuto tra il desiderio di sottoporre a Dante, come un tempo, il frutto del suo ingegno, e il timore di rendersi importuno. Sapeva bene quanto l'altro fosse intollerante nei confronti dei poetastri, e pronto alla battuta tagliente e offensiva. E Lapo si era sempre sentito inferiore alla grandezza poetica di Dante, ma questo elemento non aveva mai guastato i loro rapporti.

Sin dalle loro prime prove Lapo aveva accettato serenamente la guida dell'amico più grande, e aveva accolto il suo allontanarsi dalla Corte d'Amore per impegnarsi in politica con più serenità degli altri fedeli. Dante intuiva l'imbarazzo dell'amico, e stese la mano, per raccogliere la carta da quella dell'altro. Cominciò a leggere, con un lieve sorriso che gli increspava le labbra, *O Morte, della vita privatrice...*

Rimasero fermi in piedi uno di fronte all'altro per molti minuti, mentre Dante continuava a leggere ad alta voce, scandendo le parole con precisione e pausando leggermente al termine di ogni verso, secondo le regole di *elocutio* che aveva appreso dal maestro Brunetto. Giunse finalmente alla coda:

Canzon, gira'ne a que che sono in vita,
di gentil core e di gran nobeltate:
dì che mantengan lor prosperitate
e sempre si remembrin della Morte,
in contastarla forte,
e di' che se visibil la vedranno,
che faccian la vendetta che dovranno.

Dante sollevò gli occhi sull'amico, guardandolo fisso. L'altro sembrava cedere poco a poco, sotto quello sguardo gentile ma inquisitore, distoglieva progressivamente gli occhi. «Chi è la Morte, Lapo?»

L'altro parve sorpreso dalla domanda, come se considerasse il suo scritto anche troppo chiaro. «La morte è la morte» rispose vivacemente. «È quella che ti ha strappato Beatrice, impedendoti di congiungerti con la Sapienza Santa. È quella che corrompe i raccolti, avvelena le acque, uccide gli infanti nelle culle. Infrange i chiavistelli e irrompe nelle case, ruba nelle stanze degli uomini, viola le spose nei loro letti. La morte cancella il sole dalle nostre terre, apre la strada dei demoni, spalanca le porte all'Averno. Grida agli incroci nei pleniluni. La morte deve essere uccisa, e questo è il dovere di ogni uomo d'intelletto e di cuore nobile...»

La sua voce aveva preso ad accendersi. Scomparsa l'iniziale timidezza, anche lo sguardo pareva adesso molto più vivo, e gli occhi penetranti come aghi. In Lapo sembrava essersi ridesto un profeta antico, di quelli che Giotto andava affrescando per le chiese della Toscana, tanto entusiasmo animava il suo parlare per allusioni. *Per specula videbimus in aenigmate*, pensò Dante, che però continuava a non esser certo del senso di ciò che aveva letto. «Chi è la morte, Lapo?» tornò a chiedere. Ma l'altro si era evidentemente perso in un suo ordine di argomenti, perché seguitò senza interrompersi: «È anche tuo compito, Dante, spacciare la bestia, e farne la vendetta, come dico nella canzone. Tutti i Fedeli siano legati a questo patto, e si combatta la Morte oltre la vita stessa...».

Capì che per quel verso non avrebbe saputo niente di più. Appassionato o folle, Lapo perseguiva un suo ragionamento che non ammetteva domanda. Decise rapidamente di cambiare argomento, nella speranza di riportare l'amico su di un terreno più solido. «È vero che Martino è maestro nell'arte di trarre oroscopi, e che della sorte si è molto parlato, quella sera?»

Lapo lo guardò sorpreso, come se Dante avesse rivelato lui doti di veggente: «Come fai a saperlo? Sì, ci fu un momento in cui si dettero ad astrologare sul futuro, con grande passione. Io mi tenni da parte, perché sai che non credo a queste fole. Ma loro sembravano presissimi dai segni che Martino andava tratteggiando su una carta».

«Hai osservato quel foglio?»

«... no, non con attenzione. Ero troppo preso dal canto di Vana. E poi ti ho detto che non credo a queste cose Ma ricordo alcune delle parole che si scambiavano, osservazioni intorno all'opera di quel vecchio. Parlavano certamente di un oroscopo che era stato gettato, di un quadrato di Marte al sole di Firenze che sembrava preoccuparli.»

«Firenze? Ma era un oroscopo della città?»

«Sì, credo di sì. Soprattutto Casella mi parve infervorato, chissà perché.»

La voce di Lapo s'era fatta sempre più evasiva. Dante capì che su quell'argomento non avrebbe saputo altro. Così tornò a un altro dei temi che gli stavano a cuore.

«Che ci faceva Filippo Argenti tra voi, ghibellino e furfante, nemico di cortesia e bandito dalla Corte d'Amore?»

L'altro ridacchiò sommessamente: in lui era del tutto scomparso il tono da veggente che aveva così sconcertato Dante, ed era tornato di colpo il timido Lapo di sempre, nemico della violenza e del rancore: «Non hai mai potuto soffrirlo, vero? E continui a odiarlo. Terribile il destino di chi ti attraversa la strada: eppure Guido non sembra pensarla come te su di lui, e sembra averlo caro, tanto che» si era avvicinato e abbassava la voce, lo sguardo brillante di quell'antica ironia senza malizia che lo faceva amare da tutti «ha corso il rischio di un pubblico processo, per pratiche innaturali..., per un certo tempo sono stati inseparabili, sempre insieme alla taverna del Bandinello, in San Frediano, loro e altri giovani molto notevoli».

A Dante sembrava di aver già udito parlare di quel luogo. Anzi, era sicuro di averlo visto citato in uno dei rapporti che il Bargello stilava per la Prioria sullo stato di sicurezza del Comune. Mentre Lapo continuava a parlare, senza più ascoltarlo Dante si sforzava di ricordare che cosa se ne dicesse. Veniva descritto come un sospetto luogo di ritrovo. Ma ritrovo di chi? E perché tutti sembravano saperne più di lui su ogni cosa, in questa maledetta città?

E poi, non ne aveva parlato anche Gianni Alfani? Tutti quegli uomini sembravano conoscere quel posto, e avervi a che fare. Forse valeva la pena di dare un'occhiata più da vicino a questa famosa taverna, visto che in tanti sembravano trovarla così interessante.

Salutato Lapo, si avviò verso la piazza del Gardingo. Quasi a ogni passo il suo piede urtava contro il nuovo acciottolato con cui l'alterigia dei villani arricchiti di Firenze andava ricoprendo le vecchie strade della città, con il risultato che mucchi di escrementi umani e animali adesso rimanevano in eterno a fermentare al sole, in bella mostra di sé. Procedeva tra gli ostacoli immondi con un moto serpentino e sinuoso, come quello dei corpi celesti secondo il grande Tolomeo, cercando di non inzaccherarsi e bestemmiando la pletora di innovatori che s'era scatenata in Italia dopo il crollo dell'impero. Come quel gran coglione di Tommaso d'Aquino, e di tutte le sciocchezze che aveva saputo scrivere sul mestiere di poeta, e che l'arte sarebbe *defectus veritatis* e insomma fandonie, e adesso si parlava pure di farlo santo, quel grandissimo coglione, e bisognava stare attenti anche a parlarne male.

Aveva cominciato a parlottare tra sé appena fuori dalla porta della casa di Lapo, e già dopo pochi passi, senza avvedersene come suo solito, andava gesticolando e inveendo ad alta voce. Sempre serpeggiando tra i rifiuti era giunto all'angolo di via dei Calzaiuoli, dove un vinaiolo che procedeva in senso inverso a testa bassa, carico di damigiane, lo schiacciò contro una parete.

Richiamato bruscamente al presente dal dolore dell'urto, Dante aveva insultato ferocemente l'uomo, con tutta la gamma dei possibili riferimenti alla sua incertezza di natali che gli venisse in mente. L'altro, sentendo le sue imprecazioni e accecato dalla posizione e dal peso lo aveva insolentito a sua volta, cercando di colpirlo alle gambe con un calcio.

Evitò l'assalto con un brusco salto all'indietro, ricadendo di peso su un mucchio di letame freschissimo, appena depositato dal traino di un carro che stava ancora svoltando l'angolo. Percepito il tiepido effetto della merda sulle sue vesti, una furia ubriaca di bile nera s'era svegliata di colpo nel suo fegato. Si gettò con un ruggito sul vinaiolo. Quello era subito fuggito terrorizzato, abbandonando le damigiane che Dante infranse con una pietra raccolta da terra, facendone scorrere il contenuto sul lastricato, tinto di rosso come l'Arbia dopo la battaglia di Montaperti.

Si chinò poi a raccogliere la berretta che gli era caduta nell'agitazione, chiedendosi perché da qualche tempo era sempre più spesso preda di questi scatti d'ira. Forse era per l'eccessiva ingestione di fave, da cui bisognerebbe astenersi, come insegna il grande Pitagora.

11

18 luglio, verso il coprifuoco,sestiere di San Frediano

Dante percorreva lo stretto viottolo chiuso tra oscuri angoli di case sghembe, per lo più ancora di legno e paglia, precedendo le due guardie del Bargello cui aveva ordinato di fargli da scorta, incerto nei passi a ogni piega della strada. La pietra e il mattone con cui Firenze si stava ricostruendo nella zona intorno al Battistero sembravano ancora sconosciuti in quella zona della città.

Anche per lui che si vantava di conoscerne tutti gli angoli, quel lato periferico del sestiere di San Frediano dove si riuniva il gruppo di giovani *molto notevoli*, come aveva detto Lapo, si stava rivelando del tutto ignoto, con il suo dedalo di viuzze che continuamente si avvitava su se stesso stravolgendo il suo senso dell'orientamento. Il sestiere era venuto su affannosamente in pochi anni, senza regola né forma, lontanissimo dalla composta geometria della Firenze romana. E i fiorentini avevano scoperto all'improvviso che nei campi oltr'Arno, dopo il ponte alla Carraia, era comparso come per magia un intrico di casacce, costruite in fretta e senza nessun criterio, per dare alloggio allo sciame di inurbati che si erano rovesciati su Firenze da quando la morsa dei nobili di campagna sui loro contadini si era allentata, dopo la sconfitta ghibellina di Benevento.

Detestava quella gente, il cui fetore di plebaglia strisciava sotto le fessure delle porte sconnesse, mescolato a quell'ora agli odori di una cucina bestiale. Erano le truppe di rincalzo di quella prima ondata di avventurieri che aveva già travolto il Comune piccolo e onesto, limitato nella sua cerchia di mura antiche. E che si accingevano a imitarli, a spiccare il balzo anche loro dalle stalle del contado alle sete di Calimala. Con le loro donne impudiche che giravano scoperte per Firenze in cerca di giovani impoverite da avviare alla corruzione.

Uomini che si erano accampati impudentemente nelle grandi dimore patrizie strappate ai nobili di Firenze a colpi di editto e di pugnale, comprando e corrompendo là dove non avevano potuto rubare. Per metà ipocriti e ruffiani e per l'altra metà imbroglioni arricchiti in fretta, sprezzanti di ogni cortesia. Villani che avevano subito imparato il gioco dei partiti e della rissa politica, e ne erano divenuti maestri, con quel talento mimetico proprio di tutte le razze inferiori quando si insinuano nel corpo vivo di una società saggia e gentile, che li accoglie senza avvedersi della loro perfidia.

Erano loro, quella gente nuova, che avrebbero condotto a rovina Firenze, pensava. Che avrebbero trasformato la sua città, erede della gloria di Roma, in una spelonca di barattieri.

Ed era per questo che aveva rischiato la vita a Campaldino? Allora gli era parso che giustizia e amore stessero dalla parte guelfa, ed era stato pronto a dare il suo sangue per la libertà del Comune dall'alterigia tirannica dei nobili ghibellini. Ma dalla parte dei suoi nemici c'era stato un tempo il grande Farinata, con la sua magnanimità nei confronti degli avversari vinti, con il suo amore doloroso per quella Firenze che pure tante volte gli si era ribellata. E dalla sua parte, invece? Con quale accozzaglia di furfanti, pronti a vendersi e a vendere la libertà di Firenze al papa per un solo fiorino, si ritrovava adesso a dividere il fantasma di un potere, la cui realtà era da tempo scivolata nelle mani di mestatori e venduti?

Quanti favori estorti, quante commissioni strappate con l'inganno, quanti cedimenti alle pretese di Bonifacio, aveva visto in quelle poche settimane di priorato. Quanti passi sulla strada della viltà aveva dovuto percorrere, per destreggiarsi tra l'ingordigia delle fazioni: forse aveva ragione Guido a trattarlo da miserabile, se non riusciva a liberarsi da quella palude e a tornare nella purezza della Corte d'Amore, con tutti loro.

Ma ormai era tardi per recriminare. Era un'altra l'angoscia che adesso lo opprimeva. L'immagine della gola lacerata di Vana, vivida, tornò a ferirlo riportandolo al suo compito e al luogo dove si trovava.

E quindi era qui che trascorreva il suo tempo quel cane di Filippo Argenti. Filippo de' Cavicciuoli, della cricca degli Adimari, guelfo di parte nera, altezzoso e attaccabriga. Detto l'Argenti per il suo vezzo di coprirsi del prezioso metallo, fino alla ferratura dei suoi cavalli. Un furfante in panni di gentiluomo. Una volta aveva osato colpirlo in faccia, in pubblico, per un diverbio. Dante se ne era vendicato, l'altro era stato condannato a una multa pesante: ma sentiva ancora la guancia bruciargli per l'offesa, come fosse stata toccata solo l'attimo prima da un ferro rovente. Ma l'avrebbe ammazzato, prima o poi, sì, l'avrebbe tagliato a pezzi e cucinato, come i figli di Tieste, e lo avrebbe imbandito a Guido e agli altri Fedeli, perché banchettassero di lui e non più con lui.

Continuava a pensare alla singolarità della vicenda, e non riusciva ancora a farsene una ragione. Filippo era l'ultima persona che si sarebbe aspettato ospite dei Cavalcanti, bianchi accesi. Di Guido poi, di cui si diceva che avesse anche tentato di pugnalare Corso Donati, il capo della fazione avversa. E dunque quali interessi potevano esserci tra quei due, di tale importanza da passare innanzi all'odio di parte, che li avvelenava? Davvero lo spirito gaudente di quel gaglioffo bastava a spiegare la sua presenza a palazzo Cavalcanti in quella notte, come gli aveva raccontato il suo amico?

E però Lapo non sembrava aver dubbi sulla stima che Guido Cavalcanti mostrava di nutrire per lui, e sulla fiducia che sembrava in lui riporre. E che cosa poi quei due potevano dividersi in un luogo così plebeo come quello in cui stava avventurandosi, loro tanto sofisticati e sprezzanti?

Si riscosse dai suoi pensieri. Ormai procedeva quasi a caso nel labirinto in cui aveva messo piede abbandonando la via lastricata. Cominciò a temere di aver perso del tutto l'orientamento. Dietro le spalle percepiva i commenti ironici dei bargellini, che sin dall'inizio non avevano nascosto il loro fastidio per dover obbedire agli ordini insensati di un civile arrogante. Poi gli parve finalmente di essere giunto a una possibile meta: dietro l'ennesimo gomito di un vicolo era apparsa una casa bassa e lunga, percorsa lungo tutta la parete sul fronte strada da un portico su cui campeggiava un'insegna dipinta a lettere scarlatte che volevano rozzamente imitare tante lingue di fiamma: *La Mala Bolgia*.

Dunque era quella la famosa taverna del Bandinello, di cui tutti sembravano sapere. L'insegna era illuminata da una lucerna appesa sotto i ferri di sostegno con una catena, che ondeggiava al soffio del vento creando un effetto di movimento sulle lettere della scritta, che pareva davvero in preda al fuoco. Si arrestò a una certa distanza dall'edificio, Ordinando con un cenno ai bargellini di fare altrettanto, restando immobili al coperto dietro l'angolo di una delle casupole vicine. Voleva prima farsi una idea più precisa del luogo e delle sue stranezze, e dei suoi possibili pericoli, se ce n'erano. Cominciò allora ad avvicinarsi cautamente, con l'idea di gettare uno sguardo all'interno da una delle finestre basse che si aprivano sulla facciata ai lati della porta, prima di entrare.

Le tenebre lo favorivano nel suo progetto. Si avvicinò silenziosamente, risalendo i tre gradini che separavano il livello del viottolo dal porticato di legno che correva lungo tutta la lunghezza della facciata. Davanti all'ingresso, legati alla staccionata che costituiva la struttura portante del portico, sbuffavano una decina di cavalli impastoiati. Dante notò subito che, dietro l'apparente molteplicità di forme e colori, tutti i cavalli apparivano bardati allo stesso modo, e sotto tutte le selle compariva un medesimo panno di velluto grosso, di colore scarlatto. Doveva trattarsi di una cavallata fiorentina, uno di quei gruppi di giovinastri legati a uno stesso clan familiare, o a un'Arte maggiore, che lì si dava convegno per abbandonarsi al piacere della tavola e della buona compagnia, per motteggiarsi e gozzovigliare. E progettare infamie, c'era da aggiungere.

Gente pronta alla rissa, ben diversa ormai dalle brigate festevoli che solo dieci anni prima rallegravano Firenze nelle feste del Calendimaggio con i loro canti e le sfilate coreografiche, e di cui pure lui era stato membro partecipe e autorevole. Solo a dei manigoldi sarebbe venuto in mente di percorrere a cavallo di notte le vie del Comune, cosa vietata da tutti i regolamenti sull'uso delle pubbliche vie.

Occorreva prudenza, e la scorta armata poteva rivelarsi ben poca cosa se avesse trovata la banda preda dei fumi dell'alcol e decisa a menare le mani. Restando al riparo dello stipite, s'era intanto affacciato con un occhio da una delle finestre d'angolo, per guardare nell'interno. Attraverso l'impannata di cotone oleato che chiudeva l'apertura non era possibile vedere molti particolari, anche perché l'interno sembrava appena rischiarato dalla luce fioca e decentrata di alcuni bracieri. Ma l'illuminazione era sufficiente, insieme con il suono delle molte voci che attraversava il telo, a fargli comprendere come nell'interno della taverna, uno stanzone unico e basso secondo l'uso toscano, dovevano esserci anche più persone di quante non ne facesse presumere il numero dei cavalli all'esterno. Le voci erano però troppo attutite e confuse, speso cancellate da scoppi di risa e grida, e rumore di mani, per poterne trarre un qualche significato utile. Non c'era altro da fare che entrare di persona.

Tornò rapidamente indietro verso la casupola dove s'erano nascosti i bargellini, ordinando di attenderlo fuori, pronti a intervenire in caso di bisogno. I due, che dal canto loro s'erano fatti un'idea non meno inquietante sulla pericolosità del luogo, rinfrancati dalla prospettiva di non doversi avventurare all'interno della taverna si sperticavano in rassicurazioni sulla loro pronta efficienza in caso di bisogno.

Si strinse nelle spalle raccomandandosi a Dio dopo aver squadrato per un'ultima volta quei due imbecilli, e ripercorse i pochi passi che conducevano alla porta, stavolta senza nessuna cautela, ma anzi badando a produrre ostentatamente tutti quei rumori che di norma si accompagnano al passo di un pellegrino che si avvicini senza alcuna mascheratura.

Aveva teso la mano verso la porta e stava per afferrare l'impugnatura del saliscendi. Ma il suo movimento fu raggelato da un'ombra che gli si avventava contro, mentre un latrato rabbioso lacerava il silenzio e un ventaglio di zanne acuminate lampeggiava a pochi palmi dalla sua gola. Balzò indietro imprecando, mentre il cane, che fino ad allora si era tenuto malignamente celato nell'ombra, rimbalzava con uno strappo violento, a malapena trattenuto dalla catena. Nella foga di arretrare Dante era scivolato sui gradini umidi, finendo seduto per terra, tra le risa soffocate dei bargellini che avevano visto tutto dal loro nascondiglio. Raccolse una manciata di fango e tornato in piedi si riavvicinò al cane, gettandogliela nella fauci spalancate, da una distanza prudente: quello emise un mugolio soffocato, improvvisamente umiliato, e si riaccucciò nell'ombra da cui era uscito, lasciando libero il passo. Quanto alle risate dei bargellini, sarebbe venuto il loro turno. E adesso bisognava davvero entrare.

Contrariamente a quanto temeva, il suo ingresso non suscitò sulle prime l'interesse apparente di nessuno. Nella sala bassa e larga, annebbiata dal fumo di diverse lanterne che non riuscivano a vincere del tutto le tenebre dell'ora, lasciando in ombra vasti angoli della stanza, campeggiavano al centro due lunghi tavoli, disposti l'uno di fronte all'altro, in modo da formare tra loro una sorta di singolare anfiteatro. Al centro dello spazio lasciato vuoto, e percorso solo dai passi di due servi che in affannoso andirivieni con il grande camino sul fondo rifornivano di cibi e bevande le tavolate, un gruppo di musici accompagnava una singolare figura di cantore, in vesti di fauno, che segnato dal bistro si lamentava in falsetto di qualche cosa di doloroso, probabilmente del suo perduto amore, quale che fosse.

Su entrambi i lati esterni delle tavolate sedevano una ventina di uomini, vestiti con casacche leggere dai colori smaglianti e tutti per lo più di età giovanile, anche se non mancava qua e là uno sbruffo di bianco nei capelli e nelle barbe, intenti a bere e a mangiare e a parlare. E soprattutto a muoversi: tutta la sala appariva come attraversata dalle onde di una continua risacca umana, mentre l'aria risuonava di un mormorio confuso, a tratti interrotto da uno scoppio di risa o dal rumore sordo di uno schiaffo o un pugno scambiato in quella che appariva una stramba pantomima a imitazione di un gigantesco incontro di lotta. Era come se tutti si stessero misurando l'un l'altro in qualche abilità: chi saltava su una gamba al di là di una panca, chi si combatteva a braccio di ferro, chi si abbracciava al vicino di tavola in una presa gladiatoria, tra l'ammirazione degli altri.

A Dante era già capitato di percepire la stessa atmosfera di sfida sudaticcia e insieme di gioco nelle sale d'armi che aveva frequentato, con un certo ribrezzo, all'epoca del suo servizio nella milizia comunale. Su tutto dominava il rumore continuo del ribollire di tre grandi paioli di rame nella cavità incenerita del camino, che gorgogliavano come i grandi bollitori per la pece che Dante aveva visto in uso nell'Arsenale veneto per la calafatura delle galee dissestate dai mari.

Proprio in quel momento, come per un segnale convenuto, tutti avevano cessato le proprie azioni e si erano dati a intonare una nenia in latino, che sulle prime parve a Dante una delle canzonacce con cui si dilettavano i goliardi, e che erano state rese celebri anche in Firenze dagli studenti che tornavano dallo *Studium* di Bologna. Sempre la donna, la taverna e il dado, come per quel matto di Cecco. Già, l'Angiolieri: la sua faccia ghignante folgorò per un attimo la memoria di Dante, con tutta la sua prosopopea, la sua boria esasperata non riusciva a trovarlo antipatico. E anche se lo aveva irriso in versi, e calunniato, pure il suo coraggio nella piana di Campaldino gli restava fermo nella mente. Ci sarebbe voluto lui, adesso, per fargli da guida in quel girone, con la sua lingua velenosa.

Si sentiva sempre più come un sorcio finito per sbaglio in un covo di male gatte. Si tastò la veste per sentire se la daga fosse sempre al suo posto, anche se la sua presenza rassicurante non poteva in realtà garantirlo di nulla. Capì anzi che non doveva assolutamente lasciar intendere di essere armato o di avere intenzioni aggressive, se voleva avere una speranza di uscirne sano da quel covo di bischeri.

«Sei anche tu qui per la riunione?» gli si era rivolto uno dei più vicini, un biondino lentigginoso che quasi spariva nei colori accesi della casacca, con un occhio accecato da una ferita antica, l'aria sospettosa. Doveva esserci qualcosa nell'aspetto o nelle vesti di Dante che strideva in quel contesto, e che suscitava la diffidenza del suo interlocutore. Il tono di quello, alto nel brusio, aveva attirato l'attenzione degli altri. Cominciava a sentirsi come un cane in chiesa, man mano che gli sguardi persi negli occhi prendevano a ruotare verso di lui come un campo di girasoli verso il sole.

«Non ti ho mai visto, amico. Sei della cavallata di Fiesole? Vi stiamo aspettando da ore» si rivolse a lui un altro, che si era avvicinato e sfiorava la veste di Dante con aria innocente, quasi a riprendere una piega mal posta o allontanare un insetto invisibile, mentre lui si ritraeva, come fosse l'alito di vino e aglio dell'altro a allontanarlo.

A mano a mano che i suoi occhi coglievano sempre più particolari della scena, dopo quel senso immediato di sommovimento caotico che aveva percepito all'ingresso, s'era andato accorgendo di come vi regnasse un'atmosfera molto particolare, troppo confidenziale, ben diversa da quella di tutte le altre taverne che aveva conosciuto: sempre vi aveva incontrato solo uomini, ma mai così evidentemente ripartiti per coppie come lì. La seconda cosa che notò era il pesante armamento di cui quegli uomini disponevano. Ognuno era dotato di una spada a doppio taglio, e tutti alle cintole portavano uno o due pugnali: qua e là sulle tavole giacevano mazze ferrate e asce, quasi ad arricchire la dotazione di stoviglie. Sembrava un campo militare, più che una brigata di gozzovigliatori. A Dante balenò in mente il ricordo della legione tebana degli amanti, tanto era percepibile una certa aria di erotismo perverso che permeava l'atmosfera.

«Sì... ho, abbiamo avuto delle difficoltà alla porta a Prato, con la guardia di gabella. Con il coprifuoco non lasciano più entrare» replicò Dante, sperando di alimentare l'equivoco in cui l'altro era caduto. Non sapeva però come condurre avanti il gioco e sedette in fretta lanciando un cenno all'oste. Simulò i morsi di una grande arsura. «Devo bere e presto» e chinò il capo sperando di spegnere l'attenzione degli altri.

«Guardate costui, amici!» riprese invece l'altro, implacabile «Dice di essere del gruppo di Fiesole, e non porta insegna né grado. Qualcuno di voi l'ha mai visto?»

«Quella faccia non mi è nuova!» venne dal fondo, mentre anche altre coppie cominciavano ad agitarsi «chiedigli perché quelli di Fiesole hanno con loro uno di Firenze!»

«Potrei uscire a informarmi della sorte dei miei compagni...» azzardò Dante, accennando ad alzarsi con la speranza di riguadagnare la porta incolume.

«Udite la malizia di questo bischero. Se ti facciamo uscire con le tue gambe, ci vorrà poi il vento di Aquilone per coglierti. Resta fermo dove sei, che voglio vederti più da vicino!» sibilò uno degli avventori, un gigante fulvo di pelo che andava alzandosi dal fondo della tavolata, dando di gomito al suo compagno. Quello, capito il segnale, aveva preso a sua volta ad avvicinarsi dalla parte opposta.

Intanto un altro, alle sue spalle, s'era arrampicato rapido sui sostegni delle botti, come per vedere meglio, e di lì s'era gettato a corpo morto su Dante, cercando di travolgerlo con il proprio peso. Ma tutta la mossa era stata goffa, e a Dante non era sfuggito il movimento, che aveva seguito con la coda dell'occhio anticipandolo di un istante. Quello era così rovinato sulla tavola, mancandolo, e rovesciandola in un'esplosione di boccali e cosce di pollo, tra l'ilarità e lo schiamazzo degli altri, divisi tra lo scherno per il compagno inetto e una certa guerresca ammirazione per la destrezza del priore.

Non c'era però alcuna benevolenza in quella momentanea sospensione delle ostilità. Soltanto l'interesse professionale di uomini abituati allo scontro per una prova di abilità nel loro campo, da cui era sempre possibile imparare. Insieme forse con un sotterraneo compiacimento per la gagliardia fisica messa in mostra.

La pausa durò solo un attimo, perché subito il tentativo di accerchiamento era ripreso, tra urla d'incitamento e bestemmie. Dante fu raggiunto di nuovo dal guercio, che aveva estratto una lama acuminata dalla manica del farsetto e punzecchiava il ventre del poeta con dei colpetti sempre più forti e minacciosi. Tutti gli altri si erano arrestati di colpo, come per non intralciare l'iniziativa, che anzi andavano incoraggiando con grida e gesti di approvazione. Di nuovo sembrava prevalere quel gusto per la disfida individuale che pareva il marchio di nobiltà di tutti quei satanassi.

«Io ti conosco, amico. Tu sei uno di quei maledetti priori, un servo dei preti!» e poi rivolto agli altri «È un priore, io lo conosco, è un priore!» Dante rinculava lentamente, in parte per scansare l'assalto, e più ancora per sottrarsi all'alito pestilenziale dell'altro, insopportabile come la morte a quella distanza ravvicinata. Sentì alle reni l'urto della tavola, che segnava la fine di ogni possibilità di arretramento. La punta cominciava a mordergli la carne, dopo aver squarciato la tela della veste.

Passò al contrattacco con una potente ginocchiata al basso ventre. Il guercio, colto completamente di sorpresa, si lasciò cadere sul pavimento con un urlo di dolore, contorcendosi ai piedi del poeta e mugolando bestemmie soffocate, prima di impallidire di colpo e perdere i sensi. Adesso giaceva immobile e bianco come un morto, tra la costernazione dei compagni i cui sguardi passavano rapidamente dal suo corpo disteso a quello ancora eretto del poeta, come incerti se correre a rialzare l'uno o a stendere l'altro.

Dante ne approfittò per balzare sulla tavola alle sue spalle, snudando la daga. «Fermi, non osate muovere un passo! Questo covo di nequizie è circondato dai miei armati. Sono Dante Alighieri, priore del Comune...»

«Chi è questo coglione?» urlò qualcuno dal fondo. Si volse inviperito verso quello che aveva gridato, un uomo dalla faccia butterata, grosso come uno dei tini allineati lungo la parete.

«Sono l'autorità del Comune! Vi farò tradurre in ceppi tutti, vili furfanti!»

Un'esplosione violenta di risa soffocò le sue parole. I suoi avversari si guardavano l'un l'altro, come se non credessero alle sue parole. «Cosa? I ceppi?» gridò per primo il gigante di pelo rosso, afferrandosi il basso ventre con entrambe le mani e ostentandolo verso Dante. «Vieni a sentire questo, di ceppo!»

Tra risate e insulti feroci il suo gesto venne imitato da parecchi altri avventori. «Pulcino, quando ti avrò messo le mani addosso ti accorgerai che razza d'uomini siamo!» gridò ancora l'uomo, muovendosi in avanti. «Chiedilo alle donne della tua città, chi sia Pietro da Verona! Chiedilo a tua madre!»

Il poeta sentì il sangue gelarsi nelle vene, poi una vampata rovente gli salì alle tempie, velandogli la vista. Pensò di gettarsi sui corpi di quelli che si assiepavano davanti, balzando sulle loro spalle per raggiungere l'uomo che continuava a berciare mostrandogli il basso ventre. Poi gli avrebbe tagliato la gola con un colpo solo.

Ma rapida come lo aveva afferrato, la furia lo abbandonò, lasciando il posto alla freddezza della ragione. Precipitarsi in quella selva di forsennati avrebbe significato la morte certa. Lo lesse nelle decine di occhi che lo squadravano, in cui brillava la stessa luce omicida. Ognuno sembrava aver superato l'attimo di incertezza, mentre scavalcavano il corpo del guercio, che ancora non dava segno di riprendersi, e tornavano a muovere verso il poeta.

La squadra muoveva con una certa coordinazione, come di uomini abituati a riconoscersi e ad agire di concerto. Ma la manovra non era facilitata dall'unto spesso del pavimento, che li costringeva ad annaspare come pattinatori sull'Arno ghiacciato. Il gigante che prima aveva parlato tornò a dire: «Aspetta , che voglio dirti una cosa da vicino!». Dante aveva visto aprirsi un piccolo varco al di là della tavola, che scavalcò con un salto disperato, prendendo verso la porta.

Sull'uscio si volse ancora un attimo, il tempo di lanciare un gesto osceno agli inseguitori, poi si lanciò fuori. A quella mossa gli altri avevano risposto con un urlo di rabbia, gettandosi a corpo morto all'inseguimento. Ma fu proprio la loro foga assassina a trasformarsi in un inatteso vantaggio per il poeta: i loro corpi fecero massa nello stringersi della porta, impacciandosi l'un l'altro e aggrovigliandosi in un viluppo di braccia e gambe. Uno dei più scalmanati, ansioso di risalire la mischia per avventarsi su Dante era addirittura scivolato da subito sopra una delle tante macchie di grasso che coprivano il pavimento, trascinando nella sua caduta uno dei grandi calderoni che si era rovesciato addosso agli ultimi avventori, in una babilonia di grida e di imprecazioni.

Fuori i bargellini erano accorsi, seppure con la dovuta prudenza, al suono della battaglia che si era scatenata e si stavano affacciando per meglio vedere sulla porta. Furono quasi travolti dal corpo del priore che retrocedeva disperato per guadagnare l'uscita, e prima ancora di capire cosa stesse accadendo, ma intuita la mala parata, presero d'istinto a dar di picca addosso allo stuolo di furibondi che si accalcavano contro la porta, prima di balzare a loro volta indietro in cerca di scampo. Non c'era nelle loro mosse alcuna volontà di aiutare il priore, che li aveva cacciati in quel guaio: i colpi erano stati una reazione puramente ferina, volta esclusivamente a salvare la loro pelle, come di chi sferri un calcio a un vaso da cui abbia visto spuntare la testa di una serpe, senza restare a chiedersi se per caso il coccio non sia di un incantatore di serpenti. Anzi se avessero potuto avrebbero volentieri barattato la loro salvezza con quella di Dante, e non è escluso che fossero pronti a lanciare l'offerta a quelli scatenati, se solo ci fosse stato tempo per pensare qualcosa.

Fu quindi la ristrettezza dell'ora a impedire accordi proditori, e non la fermezza della legge. Casualmente l'impaccio della massa scatenata degli assalitori, troppa per il varco ristretto, aveva fatto pendere la situazione in favore dei fuggiaschi, concedendo loro quei pochi passi di vantaggio decisivi per sfuggire alle branche degli altri. Intanto i cavalli alla stanga, percepito il clamore e le urla, già terrorizzati dalle imprecazioni dei bargellini e poi dal furore dei primi avvinazzati che sortivano dalla porta svellendone le ante per la foga, presero a scalciare e a imbizzarrirsi, fino a strappare dal basamento le assi che sostenevano il porticato. Questo rovinò a terra proprio mentre gli inseguitori erano finalmente riusciti a darsi un ordine e cominciavano a varcare la porta numerosi.

Il crollo dette agli inseguiti un breve respiro, da consentir loro di guadagnare un'altra cinquantina di braccia sugli indemoniati alle calcagna. Dalle case limitrofe alla taverna, risvegliate dal clamore della battaglia, cominciavano a sortire le prime grida di *accorruomo!* e *al fuoco!* Dante e i bargellini volavano a lunghi balzi disperatamente verso il ponte alla Carraia, incrociando i primi gruppi di pompieri volontari e di guardie di sestiere che stavano accorrendo con secchi e scale. Improvvisamente si sentì afferrare per il retro della veste, mentre qualcosa di acuto gli lacerava le brache all'altezza delle natiche, e di nuovo un latrato gli percuoteva gli orecchi. Il cane del Bandinello sembrava volerlo seguire nella fuga molto da presso. Dante si mise a scalciare freneticamente mentre la bestia, apparentemente dissuasa, tornava a rendersi invisibile.

Avevano messo circa mezzo miglio tra loro e la taverna. Dietro i rumori s'erano spenti, come se gli inseguitori avessero desistito dalla loro rabbia, che s'era spenta nelle tenebre. Dante s'era appena appoggiato alla parete di una casa per riprendere fiato, ansando rumorosamente. Avvertì un sibilo breve, mentre qualcosa di rapidissimo gli sfiorava il collo, lacerandogli la pelle della gola appena sopra la spalla sinistra, e andandosi poi a infrangere contro il muro della casa vicina. Per un attimo ebbe la sensazione di essere stato morso da un animale, tanto forte era il bruciore nella parte colpita. Si portò la mano al punto del dolore, mentre istintivamente si gettava a terra cercando un riparo. Solo allora si rese conto di esser stato preso di mira da un'arciere, mentre ritraeva la mano sporca di sangue tiepido.

Rimaneva immobile, cercando di pensare rapidamente a una strategia difensiva, il cuore che batteva furioso. Passata la primissima concitazione si rese conto che la freccia non aveva fortunatamente procurato altro danno che un lungo graffio alla base del collo, e che l'attacco sembrava essersi interrotto: c'era già in cielo qualche segno del giorno, e alle scarse luci della prima alba intravide ai piedi del muro l'oggetto che lo aveva sfiorato, piegandosi a raccoglierlo.

Sulle prime pensò che si trattasse di una freccia di balestra, o almeno era quello che sembrava. L'oggetto era costituito da una asticciola di legno di faggio, della lunghezza di due spanne, completata a una delle due estremità da una punta metallica simile a uno strano arpione, di una foggia che Dante non aveva mai visto in uso né per le balestre militari, né per gli archi da guerra o da caccia. L'asta era scanalata per tutta la sua lunghezza da un solco a spirale, che la faceva assomigliare a una di quelle strane conchiglie pietrificate che erano state trovate sulle colline vicino Firenze, lì abbandonate dalle acque del Diluvio. La punta, di una lega di rame dolce che si era deformata in seguito all'urto, era costituita da quattro alette seghettate indipendenti l'una dalle altre, che ricordavano dei grossi ami da pesca. Per essere però una freccia mancava del tutto l'impennaggio di coda: l'oggetto era stato sicuramente scagliato da lontano, ma Dante non capiva come il lanciatore si potesse assicurare il mantenimento della direzione voluta nella traiettoria. Più semplice appariva invece il motivo della strana punta: la mente diabolica che l'aveva disegnata aveva previsto che le quattro lame, in virtù della loro forma e della tenerezza del metallo usato, si aprissero all'interno del bersaglio procurando una ferita devastante anche in punti non vitali del corpo, senza praticamente alcuna possibilità di poter essere estratte. Quell'arma era una vipera volante, e solo la sua buona stella e la protezione della Vergine l'avevano salvato.

Mentre continuava a guardarsi intorno tendendo l'orecchio a eventuali rumori sospetti, gli parve di sentire distintamente un rumore di passi affrettati che si allontanavano di corsa, scendendo lungo la strada che riconduceva verso l'interno della città. Senza pensare al pericolo di essere fatto segno a un altro colpo come quello che l'aveva mancato per poco Dante si risollevò di scatto, lanciandosi con tutte le sue forze sulle tracce di quella scia sonora che s'allontanava, seguito a una certa distanza dai bargellini, che poco avevano visto dell'accaduto e meno ancora capito, e sembravano reagire meccanicamente alle mosse del loro capo come marionette.

Seguì il rumore dei passi finché non giunsero alla base della torre tronca degli Uberti: qui gli parve distintamente che i passi in fuga si fossero infilati attraverso la porta in rovina semiaperta e che stessero salendo lungo la rampa cadente delle scale di legno che si avvitavano verso l'alto lungo le pareti interne. La torre, dopo essere stata l'orgogliosa fortezza di una delle più importanti famiglie ghibelline di Firenze, era stata condannata a morte insieme con la famiglia dei proprietari dopo la conquista del potere da parte dei Guelfi, e se ne era cominciata la distruzione sistematica, a partire dagli ultimi piani. Adesso ne rimanevano in piedi solo una ventina di braccia, abbandonate e semicadenti, rifugio occasionale di mendicanti e sede di traffici illeciti. Perfetto monumento alla transitorietà della gloria terrena dei grandi fiorentini, come le rovine romane sulla cui base era stata costruita lo erano delle fortune del primo impero.

Una volta dentro la struttura, che alla sua base era costituita da una grande sala quadrata di circa dieci braccia di lato, immersa nelle tenebre, Dante si arrestò per un attimo, schiacciandosi contro una parte per cogliere qualche segno dell'inseguito. Un silenzio assoluto riempiva l'ambiente, insieme con un odore acre di carogna ed escrementi. Pensò che fermo avrebbe rappresentato un bersaglio anche più semplice, e si gettò di corsa su per la prima rampa della scala. Sentì allora distintamente più in alto altri passi e scricchiolii che indicavano chiaramente come anche il suo misterioso avversario si fosse messo in moto correndo verso l'alto.

Saliva sempre più affannosamente, dimentico di ogni ragionevole prudenza. L'ansia di vedere finalmente in volto il responsabile di quel disegno diabolico vinceva su tutto, e si arrampicava sempre più in alto, brandendo come difesa la freccia raccolta sul luogo dell'assalto. Giunse così all'ultima rampa, mentre gli scricchiolii in alto si facevano più intensi, e si gettò sulla terrazza scoperta pronto a balzare alla gola di chiunque avesse finalmente trovato.

Non c'era nessuno. Per un istante la mente di Dante vacillò per lo stupore, e il suo sguardo roteò freneticamente in tutte le direzioni, in cerca di una spiegazione per quella che sembrava una fuga impossibile. Solo un demone avrebbe potuto beffarlo così, contro ogni legge della natura e dell'ordinata creazione divina. Non era possibile! andava ripetendosi di fronte all'evidenza di quella sparizione miracolosa. Si appoggiò ansando alla balaustra di legno, improvvisamente esausto per lo sforzo della salita che solo adesso sembrava precipitargli addosso. Si chiese se non avesse inseguito ombre fin dall'inizio. Doveva essere stata l'eco dei suoi passi a trarlo in inganno nella strana sonorità della torre cadente, e per tutta la salita non aveva fatto che rincorrere il suono dei suoi stessi passi. In basso la città di Firenze giaceva immersa nelle tenebre fonde, appena mitigate da una sottilissima falce di luna e da poche chiazze di luce di torcia dalle parti del convento di San Piero.

Mentre cercava di riprendere fiato continuava a rigirare l'arma tra le mani, la fronte imperlata di sudore freddo. Solo ora realizzò compiutamente di aver incrociato il passo della Morte: su uno degli artigli si riconosceva chiaramente la striatura del suo sangue. A quella vista Dante portò di nuovo la mano al collo che ancora bruciava: era sempre sicuro che ci fosse Filippo Argenti dietro quell'aggressione diabolica, e l'avrebbe pagata. Ordinò ai bargellini che intanto l'avevano finalmente raggiunto di seguirlo, e si rimise in marcia a passo di corsa.

12

20 luglio, prime ore dell'alba,
in prossimità delle case degli Adimari

Dante impugnava ancora la freccia deformata quando giunse trafelato nei pressi della residenza di Filippo Argenti. Sperava che, altezzoso com'era, non avrebbe nemmeno tentato di sottrarsi alle ricerche, e che quindi la sua dimora poteva essere alla fine il luogo più prevedibile dove catturarlo. Dispose i bargellini nascosti dietro gli angoli del crocicchio, e si dispose ad aspettare.

Finalmente lo vide da lontano mentre attraversava piazza degli Erbari. Imponente sulla sua cavalcatura, stava tornando verso il suo palazzo di famiglia, montando secondo il suo solito con le gambe ostentatamente larghe sulle staffe, in modo da costringere i passanti a addossarsi alle pareti delle case nella strada stretta, per evitare di essere colpiti in volto. Era uno dei passatempi preferiti dell'uomo, che sembrava godere degli odi e inimicizie che il suo spirito bizzarro suscitava nei fiorentini. Del resto tutta la sua vita sembrava improntata al gusto di sorprendere e scandalizzare il mondo, fino all'uso di ferrare in argento i propri cavalli, cosa che gli era valsa il nome di cui menava gran vanto. Dante gli si parò davanti afferrando il morso del cavallo e costringendolo a fermarsi.

Filippo Argenti tirò a sua volta la briglia, squadrando dall'alto il priore. «O messer Durante, o non siete voi il figliolo di ser Alighiero, il prestatore a interesse?»

Dante rimase impassibile, sotto la sferzata di disprezzo che traspariva da quelle parole e da tutto l'atteggiamento di Filippo Argenti, con le mani che gli formicolavano per il desiderio di stringere al collo quel figlio di cane arrogante. Una cappa di piombo infuocata gli scese sugli occhi, come quella che i frati raccontavano fosse la condanna eterna degli ipocriti, tanto ti ammazzerò, prima o poi, pensava. A nessuno aveva mai permesso di rivolgergli allusioni sul mestiere del padre, così incerto e così prossimo a quello dell'usuraio. Solo quel poveretto del suo amico Forese s'era permesso, nel corso di una giostra poetica con lui, di fare qualche allusione a quella macchia nel suo casato, e Dante l'aveva lapidato in versi sotterrandolo sotto il peso di una vergogna anche più grande, insultandogli la moglie e mettendone in dubbio la virilità, riducendolo a dover mendicare pietà, e di farla finita con quello scherzo che era andato troppo oltre.

Povero Forese, già morto da quattro anni, e questo sacco di merda invece vivo e trionfante, ma ti ammazzerò, con tutta la tua compagnia di Neri bastardi, pensava, mentre replicava seccamente «Sono priore del Comune, con il compito di catturare il colpevole dell'omicidio di monna Vana.»

«Ah, sì, ho inteso della faccenda, la puttana di messer Casella.»

«E voglio da voi certe informazioni» proseguì Dante fingendo ancora di non cogliere la nuova offesa delle parole «perché sono certo che voi ne sappiate qualcosa, com'è vero che vi vidi fuggire da Campaldino, mostrando ai ghibellini la schiena vostra.» E in quella schiena che allora aveva colto nell'attimo del terrore, finalmente adesso era riuscito a conficcare l'aculeo dello scorpione, che aveva tenuto in serbo per undici anni.

La mano di Filippo Argenti corse come un serpente all'impugnatura della spada che teneva legata all'angolo della sella. Dante, che aveva colto le intenzioni dell'altro, scivolò fulmineo lungo il fianco del cavallo, portandosi alle spalle della bestia in modo da poterle sferrare un potente calcio ai genitali.

L'animale gettò un nitrito, impennandosi: colto di sorpresa il cavaliere annaspava cercando inutilmente di afferrarsi alle briglie, ma dando così uno strattone al morso che imbizzarrì ancora di più il cavallo, prima di rovinare pesantemente nella pozza di fango creata dal rigagnolo di scarico al centro della via. I rari passanti che avevano assistito alla scena, quasi tutti popolani avviati in quelle prime ore di luce al lavoro nei campi, e che erano restati ad assistere incuriositi, si abbandonarono a uno scoppio di risa che la diceva lunga sui loro sentimenti. Tutti gridavano «A Filippo Argenti!» mentre il cavaliere, trascinandosi affannosamente tutto lordo di fanghiglia si guardava intorno, ancora fuori di sé per l'urto. Dante ne approfittò per balzargli sulla schiena e serrarlo alla gola con il braccio sinistro. Con la destra gli avvicinò agli occhi la punta della freccia, in modo inequivocabile.

Filippo Argenti sembrò valutare rapidamente la situazione, e decise che fosse il caso di soprassedere a ogni tentativo di rivalsa, rinviando semmai la vendetta a un momento più propizio. Rimase seduto per terra tra il fango, in atteggiamento di tregua armata, mentre Dante si rialzava lentamente, senza però allontanargli l'arma dal volto.

«Voglio sapere da voi dove siete stato nelle ore della notte successive alla morte di Vana del Moggio. Voglio sapere se qualcuno può testimoniare in vostra difesa, e assicurare con giuramento la vostra estraneità al delitto. Voglio sapere perché foste convocato in palazzo Cavalcanti. Voglio che parliate qui subito o darò ordine di tradurvi in ceppi, e spero che me ne diate occasione.»

«Maledetto!» digrignò i denti Filippo «non potete arrestare un nobile senza il consenso dell'intero Consiglio! Ma tanto ti ripagherò della tua moneta, ben presto. E quanto al delitto della puttana, io non ne so nulla: appena fuori di casa Cavalcanti ho incontrato il giovane Daddo Anghiari, con cui mi sono recato alla taverna del Bandinello, in San Frediano, dove ho trascorso il resto della notte in compagnia dei migliori giovani di Firenze. E quanto al perché del convito, era solo un incontro tra gentiluomini, per rendere omaggio a uno di noi, e senza di te, figlio di mercanti!»

Dante gli si avvicinò alla guancia, come per parlargli sommesso, che nessuno sentisse: «Il Comune brucia i sodomiti sul rogo, uomo vile e contronatura» poi gli morse a sangue l'orecchio. L'altro soffocò un grido di dolore, che nessuno sentisse. «E dimmi tutto di quest'opera del diavolo, con cui ha cercato di uccidermi stanotte» aggiunse il priore, ponendogli pericolosamente vicino agli occhi la punta del proiettile.

L'altro sbarrò gli occhi per la sorpresa, e sembrava sincero. Dante colse un lampo di vero spavento nelle pupille dilatate, e nel rapido annaspare di fronte a quella minaccia evidentemente inattesa. «Non, non ho mai visto questa punta...»

«E sarà l'ultima cosa che vedrai, se torni a attraversarmi la strada» sibilò Dante, terribile.

13

20 luglio, verso l'ora nona, palazzo Cavalcanti

Dante era stato costretto a lasciar andare Filippo Argenti. Non aveva alcun elemento d'accusa contro di lui, a parte il suo istinto che gliene gridava negli orecchi la colpevolezza. E poi, come quello aveva affermato, il Consiglio non avrebbe mai autorizzato l'imprigionamento di un nobile per tanto esili motivazioni. Raggiunse con una breve passeggiata di nuovo la casa di Guido, e si fece annunciare.

Trovò il poeta ancora coricato, fatto insolito per uno come lui abituato a notti brevissime e frenetiche, chino sui libri. Fu lasciato a attendere nel piccolo vestibolo che immetteva nella stanza da notte. Passò del tempo, La stanza, che serviva da sala di studio del poeta, era immersa in un disordine insolito per la mentalità geometrica e cristallina di Guido. Sullo scrittoio giacevano ammonticchiati in modo apparentemente confuso una grande quantità di manoscritti, alcuni dei quali vistosamente macchiati in rosso dai sigilli di ceralacca che li svelavano come una ingente mole di corrispondenza. Su tutto il mucchio si ergeva una rozza cassetta di quercia dalle maniglie di ferro, lasciata lì quasi a impedire la fuga di quelle carte nel vento. Dante non seppe trattenersi dal sollevarne il coperchio per guardare rapidamente nell'interno. Non sapeva esattamente cosa aspettarsi, ma in quel momento qualunque informazione poteva rivelarsi utile.

Ma la cassetta era completamente vuota. Solo leggere tracce di polvere nerastra testimoniavano che avesse mai contenuto qualcosa. Ma nessuna delle carte o dei documenti in cui avesse sperato.

Quando finalmente apparve, Guido recava impressi sul volto i segni evidenti di una delle sue notti insonni. Ma gli occhi non sembravano accesi, come altre volte aveva visto, dall'entusiasmo della ricerca intellettuale, quanto da un malessere più inquieto, che pareva spezzarne la fibra dall'interno. Si fece schermo con la mano alla luce che invadeva la stanza, accennando a un sorriso di saluto: «Ti vedo con gioia nuovamente, amico. Sembra che le tristi vicende ti abbiano riavvicinato a me, molto più che non le mie invettive» continuò, mentre una vena beffarda faceva capolino nella sua voce.

Dante gli rese il saluto: «È vero purtroppo, che il tempo per gli amici sia sempre il primo a esser sacrificato, quando maggiori impegni si impongono».

«Se così non fosse, saresti dunque ancora al mio fianco» e poi, in tono più basso e lento «per la libertà d'Italia?»

«L'Italia è terra dell'impero, il suo giardino prezioso. Da chi vuoi liberarla, Guido?»

L'altro non rispose. Fissava Dante con le labbra serrate, come se stesse chiedendosi il peso da dare a quelle parole. «Il giardino dell'impero... è vero. Ma questo non è causa di gioia per i suoi disgraziati abitanti. Essa è corrotta dal serpente, come il primo giardino in Eden e scalcia e s'inalbera sull'orlo del precipizio, come una cavalla impazzita. Occorre che qualcuno la inforchi e governi con speroni di ferro, dopo aver schiacciato la testa del serpe sotto il tallone.»

La foga di Guido percuoteva Dante come un martello. In quelle parole parevano riemergere inequivocabili le sospette simpatie ghibelline dell'amico, che quello osava adesso gettare in faccia a un priore del Comune come se fosse uno dei suoi servitori, con tutta l'altezzosa noncuranza del nobile cui niente sia proibito. Si sentiva violato nei suoi sentimenti d'amicizia, e disse aspro: «Stai parlando di Alberto il tedesco, che forse più per caso che volontà divina cinge la corona imperiale? E ti sembra uomo da alimentare le tue speranze? Un pavido egoista, preoccupato soltanto di raccogliere le sue prebende in Germania prima di scendere a saccheggiare le nostre città, sfruttando la catena degli odi e delle vendette che ci armano l'uno contro l'altro. Un uomo che ha svilito la maestà dell'impero mercanteggiando ogni grano di libertà e giustizia, e che sta conducendo il suo regno, che è stato di Augusto e Traiano, e del primo e secondo Federico, nel brago dei porci. E quest'uomo dovrebbe inforcarci come cavalli, e darci di sprone? Tu sei pazzo Guido, tu e tutti gli aristocratici arroganti che rimpiangono non la gloria dell'impero, ma solo quella delle vostre casate spodestate, il fastigio delle vostre torri mozzate dall'ira del popolo!».

Guido era avvampato a quelle parole, e stringeva i pugni come se volesse scagliarsi contro di lui, gli occhi gelidi di una freddezza mortale. Poi un improvviso, incredibile sorriso gli illuminò il volto, spazzando via ogni ombra. L'odio di un attimo prima sembrava sopraffatto da una memoria dolorosa che l'avesse spento del tutto. Gli pose un braccio dolcemente sulla spalla, come per trarlo dalla sua parte: «Ahimè amico, quanto è lontano il tuo giudizio dal vero! Se tu potessi vedere il nostro futuro, come io lo vedo!».

Dante era rimasto interdetto dall'inattesa reazione dell'altro. Decise di spezzare quel dialogo che portava dolore a entrambi. «Vengo a dirti della morte del nostro Casella.»

Quella frase non suscitò alcuna reazione. Guido era rimasto silenzioso, come all'improvviso fosse del tutto scomparso il suo furore civile. Il poeta ebbe l'impressione che fosse già a conoscenza della scomparsa dell'amico, e fu preso da un improvviso sospetto, subito represso ma che continuava a roderlo. Firenze era una città ciarliera, e Guido al centro di una rete di contatti e di amicizie. Non era improbabile che fosse stato già raggiunto dalla notizia. No, non era questo a stupirlo, quanto l'apparente imperturbabilità dell'altro di fronte alla scomparsa di un uomo che per anni aveva condiviso con loro i momenti più lieti e spensierati del loro ingresso nella vita, e ora già tornava in polvere, trascinato nella morte da una mano vicina, forse amica. Sentì nascere dentro un rancore sordo, velenoso. Era questo, il grande Guido Cavalcanti, l'uomo più brillante di Firenze, il più sottile nelle controversie di dottrina e il più ammirato nel cantare d'amore, ma anche il logico cinico e spietato, così indifferente alla sorte di un amico? Oppure non era disumana freddezza, ma il segno di una colpa, di un pentimento soffocato?

Guido sembrò intuire i pensieri dell'altro, perché finalmente parlò, con un tono trascinato che indicava chiaramente il suo farsi forza: «Non credere ch'io non sia commosso per la morte di Casella. Ho pianto disperatamente la sua fine, quando essa ha avuto inizio» continuò, guardando Dante che manifestamente non capiva «perché quello che tu non sai è che Casella ha cominciato a morire molto tempo fa, da quando si è annidato nel suo animo il primo germe dell'amore per quella donna. Allora l'ho pianto, quando l'ho visto cominciare a spegnersi sotto gli occhi di noi tutti, con i suoi spiriti vitali che andavano estinguendosi nel terremoto di tutto il suo essere, giorno dopo giorno: oggi contemplo soltanto il seppellimento dei suoi resti vani, e i miei occhi sono asciutti perché ormai da tempo spogliati di ogni loro umore.»

«Vuoi dire che il suo amore eccedeva la misura del giusto, ed era uscito dalla sfera della salvezza per entrare in quella della perdizione?»

«Dico che il povero Casella non era innamorato, preda di quel divino inebriamento che conosciamo noi Fedeli d'Amore, ma era colto da malattia d'amore, la *melanconia obscura* descritta dal grande Avicenna. Che corrode l'uomo a partire dalla decomposizione del flemma e lo porta a morte, sua e talora dell'oggetto amato.»

«Anche della persona amata? E come può la malattia di un'anima trasmettersi a un'altra, per solo tramite di un'accensione dei corpi?»

«Non il male, ma il nostro terrore di lui può talvolta armare la nostra mano contro l'oggetto del nostro desiderio.»

Dante si ritrasse di un passo, come a voler misurare meglio le parole dell'altro: «Sei già il secondo che allude alla possibile responsabilità di Casella nella morte di monna Vana. Ma nessun indizio, nessuna traccia, nessuna testimonianza mi orienta verso di lui, se non il concorde vostro giudizio sulla forza della sua passione».

L'altro attese un istante. Sembrava incerto se proseguire su quel terreno o concludere il discorso. Poi: «Hai cercato nella sua casa, percorso i suoi scritti? Casella non era uomo di carte, questo è vero. In lui il soffio delle Muse si esprimeva nei suoni melodiosi che la sua voce e i suoi strumenti sapevano creare, più che nell'agire ordinato dell'anima intellettiva. Pure non rifuggiva dal fermare con la penna idee e spunti per le sue canzoni, e talvolta pensieri d'ordine filosofico più elevato. Qualche volta ha saputo sorprendere anche me, con certe considerazioni degne di una mente anche più salda della sua. Forse ha lasciato qualche traccia del suo sprofondare nelle tenebre, che possa spiegare il suo gesto?».

«Ho rovesciato ogni asse di quella stanza, interrogato la vedova che lo accudiva, esaminato ogni carta. Nulla che lasci pensare a una sua colpa. Se non forse un breve scritto riferito alla vicenda di Tristano e dei suoi tristi amori: e comunque tu sai bene come quell'infelice amante sia stato vittima di morte d'amore, e non sua causa.»

Si interruppe, poi, come a completare il suo argomento: «E inoltre qualcuno ha cercato di uccidermi, stanotte, mentre indagavo sul "tuo" Filippo Argenti, ben dopo la morte di Casella» Dante aveva calcato il tono in modo beffardo su quel "tuo", perché Guido cogliesse la sua disapprovazione. Guido, che fino a quel momento aveva ascoltato come soprappensiero, sembrò riscuotersi di colpo: «Cercato di ucciderti? Dove?»

Dante riassunse brevemente le vicende nella notte prima, fino allo scontro con Filippo Argenti. A mano a mano che procedeva nel racconto il volto di Guido sembrava rasserenarsi, fino a scoppiare in un riso liberatorio al momento della descrizione della rissa: «Sì, riconosco messer Filippo! Ma tu lo sai dove sei andato a cacciarti? La taverna del Bandinello è il peggior ritrovo di sodomiti di tutta la Toscana! E tu pensavi di entrarvi a fare le tue investigazioni e uscirne sano, senza nemmeno rischiare un colpo di balestra? O Dante, da quando ti sei allontanato dai Fedeli devi esserti imminchionito!».

Dante era arrossito. «Piuttosto» continuò l'altro «mi hai detto di aver ispezionato la stanza di Casella in Firenze. Non ha esaminato altri luoghi?»

«Perché?»

«Perché Casella abitava spesso oltre le mura in un'altra sua casa, appena fuori di porta al Prato. Era il suo ritiro preferito per comporre le sue canzoni. E forse anche per altro. Fossi in te andrei anche lì.»

Guido appariva sempre più stanco, man mano che il loro dialogo procedeva. Si alzò, avvicinandosi a uno stipo basso che giaceva vicino al grande mobile del letto. Estrasse un orcio che sembrava contenere dell'acqua, e una coppa metallica che sembrava sbalzata in argento. Versò dell'acqua nella coppa e prese poi a contare in latino, scandendo le cifre a bassa voce. Subito Dante cominciò a percepire stupito un leggero sfrigolio dell'acqua, come se nella coppa avesse luogo una misteriosa reazione che sviluppava calore. A Guido non era sfuggita la sua espressione sorpresa, e gli rivolse un sorrisetto di superiorità, prima di berne il contenuto. In fondo non gli dispiaceva di tornare a recitare con l'amico più giovane il ruolo del maestro. Poi: «Questa che vedi è la famosa coppa di Alberto Magno. Sicuramente ne avrai trovato scritto, durante i tuoi studi».

Dante accennò di sì, ignorando il tono dell'altro. Certo che sapeva di quella scoperta straordinaria, che Guido pareva trattare con tanta naturalezza. Lo strumento magico che si diceva sapesse guarire ogni male, di cui esistevano pochi esemplari gelosamente custoditi in alcune grandi abbazie dell'impero, e la cui invenzione si faceva risalire al grande Alberto. Non riuscì a trattenersi dal tendere la mano verso l'oggetto: Guido prima lo aveva ritratto, quasi con un moto di gelosia, poi dopo un istante glielo offerse da esaminare.

Con le mani che gli tremavano dall'emozione, cominciò a guardarla in ogni particolare. Gli bastarono pochi secondi per cogliere il genio e insieme la semplicità di quell'oggetto di cui s'erano scritte meraviglie. Il segreto del suo funzionamento era celato nell'interno, nel fondo finemente traforato che metteva il liquido in contatto con la sostanza medicamentosa celata nella cavità dell'impugnatura. La numerazione ad alta voce doveva evidentemente servire a regolare la diluizione del farmaco, in base alla necessità del male. Guardò in volto Guido: «Cosa c'è dentro?».

L'altro rispose con una smorfia: «Niente che sembri davvero giovarmi. Purtroppo».

14

20 luglio, dopo mezzogiorno, fuori le mura di Firenze

Dante e i bargellini avevano trovato senza troppe difficoltà la casa nascosta di Casella, seguendo le generiche indicazioni di Guido, che la collocavano da qualche parte appena fuori Porta al Prato. Il cantore era un uomo conosciuto, e anche se pareva aver abitato in quel luogo con estrema discrezione e cercando di dare nell'occhio il meno possibile, pure non c'era voluto molto per trovarne le tracce. In una zona di piccoli poderi, scarsamente popolata, un uomo che semplicemente apparisse vestito in modo diverso e non svolgesse alcuna attività legata alla terra non aveva alcuna possibilità di passare inosservato. In breve tutti avevano saputo che quel loro strano vicino era un musico molto noto nella città

Il rifugio di Casella era una costruzione bassa, a un solo piano di legno e mattoni, ricoperta da un tetto di conci e circondata da quello che un tempo doveva essere stato un orto, ma che ora appariva completamente trascurato e incolto. Anche l'edificio non appariva in buono stato, con gli infissi ammalorati e le travi del tetto incurvate dal peso degli anni e delle intemperie: con il suo stato di abbandono sembrava quasi presagire il destino infausto del suo padrone, e come quello aveva assunto ormai l'apparenza di un cadavere esposto alla curiosità dei sopravvissuti.

Ad un ordine di Dante uno dei bargellini aveva forzato con

un calcio la porta d'ingresso, il cui vecchio chiavistello non aveva offerto alcuna resistenza. Entrati, avevano scoperto con stupore che la casa era completamente vuota. Sembrava che nessuno vi avesse mai abitato, o piuttosto che qualcuno avesse provveduto a rimuovere ogni più piccola traccia della vita che pure doveva essersi svolta tra quelle mura. Eppure Guido ne aveva parlato come di una abitazione non occasionale, e dal tono della sua osservazione Dante aveva capito che da molto tempo Casella si divideva tra quelle mura e la stanza di città dove era stato ritrovato.

E invece nemmeno un capello sembrava esser sopravvissuto alla ripulitura. Così che ancora più stridente e macabro, sullo sfondo di quel nulla che quasi stordiva la vista, appariva l'unico oggetto rimasto al centro del pavimento dell'unica stanza d'ingresso, davanti al focolare: una grossa daga dalla lama serpentina, ancora coperta di vistose macchie brune, in tutta apparenza di sangue.

Dante fermò con un grido il bargellino che si stava affrettando a raccogliere l'arma. Voleva esaminare con la massima cura eventuali tracce, prima di rimuovere l'oggetto. Si avvicinò lentamente, cercando di non cancellare alcun segno che potesse essere visibile sul pavimento. Ma quello, un tavolato rozzo di assi d'abete, sembrava essere stato lavato con grande cura, tanto che nemmeno una minima traccia di polvere era rilevabile. Concentrò allora la sua attenzione sulla daga. L'oggetto ricordava nella sua forma l'antico gladio dei legionari romani, se non fosse stato per l'andamento ondulato del ferro: una lama larga e corta, ben diversa dalle enormi spade a doppio taglio delle moderne milizie.

Le macchie sulla lama sembravano inequivocabilmente di sangue, su un'arma di foggia inusitata, diversa da tutte quelle in uso in Firenze o nelle parti d'Italia che gli fosse capitato di visitare. Per quanto di apparenza spaventosa, qualcosa nella sua passata esperienza militare gli suggeriva che non si trattasse di una lama nata per l'uso bellico. Quella forma bizzarra, troppo lunga per un assalto occulto e proditorio, e troppo corta per aver ragione in un scontro tra cavalieri protetti da armature. Si chiese come avessero fatto i nostri antenati a piegare il mondo brandendo quella stranezza. Anche se a ben guardare non era troppo differente da quella che lui stesso a Campaldino si era portato dietro per sicurezza nella prima carica contro gli aretini, nel caso che l'altra, quella lunga d'ordinanza, si fosse spezzata, come spesso capitava ai capolavori di quei furfanti d'armaioli di Santa Trinita. O se fosse caduto sotto il cavallo, e avesse dovuto cercare di tener lontani i villani appiedati che avrebbero cercato di ammazzarlo. Quei maledetti Aretini, con la loro boria insulsa, bestie sanguinarie.

Ma che stava pensando? Si rimproverò per quella divagazione. Ogni volta che la sua mente tornava a Campaldino, era come se il cervello gli rintronasse per il rombo degli zoccoli dei cavalli lanciati al galoppo, e le grida inferocite tornassero a schiantargli i timpani. E solo da pochi giorni aveva varcato il mezzo della vita, e gli sembrava già di non riuscire più a seguire il filo dei suoi stessi pensieri.

No, quella era piuttosto un'arma cerimoniale, forse un coltello per esplorare le viscere delle vittime sulle are pagane, come talvolta venivano trovate casualmente nelle tombe affioranti nel contado. O forse il feroce strumento per la decapitazione di antichi re.

Si era piegato sulle ginocchia, e continuava a osservare l'oggetto sempre più da vicino. Poi, visto che intorno all'arma non era rilevabile alcun segno od impronta, si decise ad afferrare il manico del pugnale, sollevandolo da terra.

Visto da vicino, l'acciaio dell'arma appariva di qualità finissima, senza la minima traccia di ossido o di intaccature, il filo perfetto e mordente pari a quello di un rasoio seguiva come un'onda il profilo serpentiforme della lama, incrostata di sangue e di minuti frammenti di pelle e capelli. Era anche troppo facile pensare che fosse quella l'arma che aveva ucciso monna Vana, troppo facile. Ma d'altra parte non erano i maestri di Francia, i filosofi che tenevano lezione nel vicolo degli Strami a Parigi, a insegnarci che la causa semplice è regina sulla causa complessa? E che la Natura, oltre che del vuoto, ha parimenti orrore dell'inutile complessità? E quindi perché rifiutare quell'evidenza, e la possibilità che tutta quella singolare messinscena scaturisse dall'angoscia che aveva accompagnato Casella nelle sue ultime ore di vita, dopo aver commesso il suo atroce delitto? Guido, maestro Martino, e forse tutti i Fedeli che avevano frequentato Casella negli ultimi tempi sembravano esserne convinti.

Che quindi Casella avesse egli stesso cancellato ogni traccia, per cercare di nascondere alla propria coscienza l'azione orribile commessa? Ma allora perché lasciare in bella vista l'arma, e per di più ancora intrisa del sangue della vittima? No, Casella non aveva cercato di nascondere l'opera sua: semmai sembrava aver cercato di esaltarla. Quella casa vuota era un grido di colpevolezza, urlato con la disperazione che coglie nelle ore ultime.

Eppure qualcosa continuava a disturbarlo. Troppi elementi non tornavano in quel disegno: come poteva aver fatto Casella, da solo, con la sua corporatura minuta, a trascinare il corpo di Vana fino al sotterraneo del Palazzo per poi innalzarlo in quell'atroce parodia di crocifissione? Ricordava bene come ai piedi della macchina, sul pavimento ancora di terra battuta, non vi fosse alcun segno di ruote, o tracce di un qualsiasi veicolo che potesse essere stato utilizzato per il trasporto del corpo. Che quindi doveva esser stato trasportato con la sola forza delle braccia di un solo uomo. Davvero la spiegazione poteva risiedere nello spaventoso vigore che dicono la follia scateni in quelli che ne sono preda? E quale era stato poi il destino della testa di Vana? E il colpo di strana balestra che lo aveva risparmiato solo per un miracolo, era davvero figlio dell'arroganza e della paura di uomini contronatura, o non invece l'unghiata a vuoto di un assassino ancora libero di colpire?

Esaminò allora l'impugnatura dell'arma, cui nella prima osservazione aveva riservato solo un'occhiata sommaria, soffocato dal ribrezzo delle macabre tracce sulla lama. Era ricavata da un pezzo di avorio massiccio, minutamente decorata con una raffinatissima incisione a piccole greche. Sulle due guance risaltavano due croci più grandi di foggia singolare, con i quattro bracci ricurvi quasi a suggerire un veemente movimento rotatorio. Dante era certo di aver già visto quel simbolo, ma non riusciva a ricordare dove. Forse nelle miniature di qualche manoscritto che gli fosse capitato di vedere: ma non riusciva a ricordarsene.

Continuava a rigirare l'arma tra le mani, stando attento però a non toccare le tracce rapprese sul ferro. Poi il ricordo si fece strada nella sua memoria, fino a riaffiorare. Aveva già visto quella croce in un manoscritto miniato nella biblioteca del convento dei Francescani, dedicato ai simboli presenti sui labari delle legioni romane di stanza sul Reno. Allora non aveva prestato molta attenzione ai disegni, che gli erano sembrati per lo più opere di fantasia ispirate alle descrizioni di Tacito. Ma adesso uno di quei segni era tornato a vivere, legato ancora una volta al suo destino di violenza e di forza.

Chi aveva lasciato che lo ritrovasse aveva voluto evidentemente lanciargli un messaggio. Che lui però non sapeva come interpretare.

La casa fu ancora esplorata per oltre due ore, nella speranza che una seconda ricognizione rivelasse qualche traccia che fosse sfuggita al primo esame sommario. Ma la speranza di Dante andò delusa, per quanto minuziosamente andasse rovistando in ogni piega. Al vespro erano sulla strada del ritorno.

Camminando cercava di riordinare le fila dell'accaduto. Provando ostinatamente a collegare gli elementi in suo possesso in una parvenza di disegno logico. Ma non riusciva a trarne che la stessa, lunga, serie di perché. Perché il rifugio di Casella era stato così accuratamente ripulito, e da chi? E perché invece la presumibile arma del delitto era stata lasciata ostentatamente in bella vista? E perché utilizzare per il delitto un'arma così insolita, quasi che l'assassino avesse voluto suggerire con quel simbolo che ci fosse qualcosa di segreto dietro il gesto della sua mano? E se era stato Casella l'artefice di tutto, cosa aveva voluto intendere e cosa nascondere?

15

20 luglio, a ridosso del coprifuoco, appena fuori le mura

Dante aveva rinviato la scorta di bargellini al palazzo del Capitano del Popolo, e s'avviava da solo a varcare la porta per rientrare a San Piero, quando fu fermato da una voce squillante e argentina, ma involgarita da un fondo d'accento lombardo, che la rendeva sgradevole all'orecchio del fiorentino: «O messer Durante, e non si salutano più le vecchie amiche?».

Solo allora notò che, perso nelle proprie considerazioni, non si era accorto di aver quasi urtato una donna, che ora gli si parava di fronte squadrandolo dall'alto in basso con le mani sui fianchi, in atteggiamento derisorio. I colori accesi delle vesti e l'ampiezza della scollatura non lasciavano dubbi sulla sua condizione. Anche dietro il velo che le scendeva dal cappello giallo a cono annebbiandole il volto, Dante riconobbe subito i tratti di monna Lagia, la regina del più grande postribolo di Firenze. La donna s'era intanto scoperta il viso sfrontatamente, e lo fissava con aria maliziosa: «Dopo che il Consiglio ci ha cacciate fuori dalle mura, avete forse dimenticato la strada della nostra porta? O forse è nella taverna del Bandinello che adesso preferite infilarvi?».

Dante era diventato scarlatto a quella allusione. Lanciò una maledizione soffocata all'indirizzo dei bargellini, pensando a come avrebbe potuto vendicarsi della loro improntitudine, e intanto andava borbottando qualcosa all'indirizzo di monna Lagia, sperando che quella riprendesse la sua via. Con la coda dell'occhio cercava di capire se qualcuno intorno lo avesse riconosciuto o stesse comunque prestando attenzione alla scena, ma sembrava che gli ultimi passanti fossero solo intenti ad affrettarsi a entrare prima della chiusura della porta per il coprifuoco, e le guardie di gabella avevano l'attenzione concentrata sulle ceste dei villani.

La donna sembrava però decisa a non lasciarlo andare troppo facilmente: «Son giorni che non vi si vede.[1] Ci sono ragazze nuove, sapete? E poi la piccola Pietra piange e chiede di voi continuamente, e stufa i clienti con le sue lagne. Sospira a ogni nodo delle trecce, al mattino, e prega il dio d'Amore pel suo Dante... ho dovuto metterla alla frusta, alla fine!».

«Non toccare quella giovane! Non osare...»

«Quella giovane? Allora è vero che è lei la vostra pargoletta, come la chiamate...» lo incalzò Lagia ironica. Poi scoppiò a ridere, mentre si stringeva sempre più al poeta lanciandogli un'occhiata penetrante «Pietra la puttana? O messer Dante, e tutte le vostre angelicazioni? E la virtù d'amore che dal ciel proviene? Non riconosco più quel giovane dabbene che cantava le sue canzoni sotto le mie finestre!»

Lo aveva afferrato per il gomito, come per trascinarselo dietro. Dante stava per esplodere, ferito dall'insolenza di quella donna che si faceva beffe di quanto aveva più caro, la sua poesia. Si scosse con ribrezzo dalla stretta, ma proprio in quel momento la sua attenzione tornò sulla porta, che veniva chiusa con grande fragore di chiavistelli. Gli parve di cogliere un guizzo di trionfo negli occhi della donna, che continuava a sospingerlo come un tonno arpionato.

Avrebbe potuto ordinare che le guardie riaprissero, facendosi riconoscere come priore, ma avrebbe significato attirare ancora l'attenzione su di sé, cosa assolutamente da evitarsi viste le circostanze.

E poi gli occhi e le trecce nere della piccola Pietra, e l'idea di affondarvi di nuovo le mani fino a strapparle, di mordere la

[1] Dante ha conosciuto la casa di piacevolezze di monna Lagia nel corso dell'avventura narrata ne *I delitti del mosaico*.

sua nuca bianca nascosta si fece spazio nel suo cuore con una forza imprevista. La donna continuava a tirarlo delicatamente per il gomito e al cadere delle prime tenebre presero insieme la sconnessa strada che portava alla porta del Paradiso.

16

20 luglio, notte, postribolo di monna Lagia, detto del Paradiso

La casa amorosa era stata ricavata in una antica costruzione rurale, costituita nella sua parte originaria dai resti di una villa romana passata attraverso una infinita serie di trasformazioni e aggiunte nel corso dei secoli, che avevano finito per renderla più simile a un termitaio che a una dimora di uomini. L'edificio si sviluppava intorno a un cortile che seguiva la pianta dell'antico *impluvium*. Al centro gli avanzi di una cisterna di pietra erano stati adattati ad abbeveratoio per le cavalcature dei clienti, e gli zoccoli delle bestie avevano finito di distruggere i resti di un delicato mosaico, con quello che ancora appariva il profilo di una nave tra i delfini naufragata tra i gorghi del tempo.

Entrati dalla porta sulla via nel cortile interno, attraverso una scala di legno si saliva al primo piano, dove una porticina immetteva nel primo piano. Qui si aprivano in sequenza una serie di cubicoli comunicanti, che dovevano essere attraversati successivamente per progredire nell'interno. Bisognava aggirare il primo letto, di solito occupato da una delle ragazze nuove del mestiere, messa lì a fare le prime esperienze con i rozzi villani del contado, cui era proibito di accedere oltre. Poi si passava nelle altre stanze, e via via nel profondo del regno. In tal modo, dovendosi a forza spesso sostare per l'impedimento generato dai corpi in moto frenetico, l'esplorazione del *Paradiso* assumeva le forme di una sorta di laida parodia della *Via Crucis*, in cui ogni stazione fosse dedicata al soddisfacimento di una voglia particolare o all'ostentazione di una particolare terrena bellezza.

Il visitatore poteva così rendersi conto non solo della varietà dell'offerta umana, ma anche, volendo, valutare comportamenti e prestazioni e, seppure per interposta persona, la qualità della merce in affitto. Le donne presenti non mancavano mai di regalare un sorriso al passante, mentre gli uomini dal canto loro rendevano omaggio ai nuovi venuti raddoppiando il proprio impegno e ostentando vieppiù la propria gagliardia con pose gladiatorie.

A Dante era sempre ripugnato quest'uso. Ogni volta compiva il percorso a testa bassa, in fretta, arrestandosi soltanto una volta giunto nell'ultimo cubicolo, che appunto per esser tale era quello meno visitato, a parte qualche sbadato nuovo del bordello, o qualche lascivo osservatore che il poeta si affrettava a scacciare in malo modo. Ed era appunto alla sua ritrosia che doveva la conoscenza con la piccola Pietra, che per essere la più giovane era stata relegata nell'ultima stanza, la meno frequentata e appetita dalle sue colleghe più anziane.

La giovane aspettava silenziosamente nella sua stanzetta, accoccolata sui cuscini del letto con le gambe ripiegate in croce, in quel modo che dicono solito degli infedeli. Si stringeva le spalle con le braccia nude, con l'espressione assente che Dante ben conosceva, a metà tra ironia e disperazione, minuta nei tratti se non fosse stato per gli occhi allagati di verde, in cui sembrava affondare il resto del volto. «Ho ancora qualche grazia, presso di voi?» disse lei vedendo Dante affacciarsi alla soglia del cubicolo, guardandolo maliziosamente da sotto in su, con la testa inclinata su una spalla, il seno proteso dal moto della schiena che si era improvvisamente inarcata. Dante riconosceva tutti i piccoli segni della seduzione campestre che quella ragazzina metteva in atto su di lui ogni volta, ma non poté trattenersi dal rispondere: «Sempre meravigliose» dando di nuovo inizio a quel gioco tra loro che tante volte aveva giurato di voler interrompere.

E che invece quella sempre sapeva rianimare, anche solo sfiorandogli una mano con il dorso della sua.

L'aria del cubicolo era appesantita da un odore dolciastro, un misto di sudore umano e di quelle essenze misteriose che erano giunte nelle bisacce dei crociati di ritorno d'Oltremare. Dante aveva bevuto più volte l'infuso d'erba che dicevano del Vecchio della Montagna e dei suoi assassini, e ne riconosceva adesso la presenza in quella stanza, quasi appreso alla calce delle pareti.

Sentì lentamente risvegliarsi la carne, mentre quella lasciava scivolare la veste sulle spalle, offrendo il candore rosato del petto prima al suo sguardo e poi alla frenesia delle mani che subito s'era accesa. E mentre Dante si lanciava con la bocca affannosamente su quel seno che si offriva indifeso ai suoi morsi, la ragazza si inarcò, allargando le gambe e svelando sotto il lembo della veste il grembo appena velato da una peluria scura.

Madonna Bellacoglienza si scioglieva sotto i suoi assalti, mentre Dante ansimava nell'impresa, pellegrino sulla strada d'amore, col suo bastone di viandante, giunto davanti ai pilastri della porta incantata, chiedeva accesso per smemorare. Voleva seminare in quel campo fiorito e spargere il suo seme. E cercava il segreto di quella porta, e lavava il corpo di Bellacoglienza con i suoi umori.

Dante giaceva spossato, abbandonato nel letto breve di Pietra, mentre la giovane di spalle si pettinava i lunghi capelli con fare distratto. Tese una mano per sfiorarle una spalla, ma lei lo respinse, infastidita. Aveva l'impressione che quella indifferenza ostentata facesse in realtà parte di una recita preparata con cura allo scopo di avvilirlo, di cui egli dovesse essere insieme destinatario e vittima.

E adesso provava stanchezza e odio per la propria debolezza, come ogni volta dopo aver ceduto alla spinta dei sensi. Sentimenti esacerbati dal volto indifferente di Pietra, sempre più lontano ora che il poeta le si era di nuovo sottomesso, ancora una volta. Possibile che l'atto d'amore fosse per quella donna un semplice esercizio ginnico, da eseguire con la mente già proiettata nel dopo? Una non amata che detestava gli uomini. E che aveva fatto del suo disprezzo per loro la sua arma più forte per vincerli, Pietra feroce come pietra, Pietra di pietra intagliata.

Cercava con rabbia un modo di ferirla, in risposta a quella freddezza, quando lo sguardo gli cadde su una delle pareti della piccola stanza, coperta da un disegno a sanguigna. Un disegno che era passato del tutto inosservato nell'eccitazione dell'ora, mentre i suoi sensi si disfacevano tra le dolci gambe della ragazza. Un disegno che, ne era certo, non aveva mai visto.

La scena, schizzata rapidamente sul muro con pochi segni tracciati con un colore rossastro, ricordava nella sua tecnica essenziale uno di quei cartoni preparatori per le grandi pitture a fresco che Dante aveva visto nelle botteghe dei pittori fiorentini. Rappresentava una sorta di convito allegorico, una fantasia ispirata alle memorie degli antichi come erano cominciate a venir di moda nelle corti della Provenza all'epoca degli Albigesi.

Un gruppo di dame e cavalieri giacevano mollemente all'ombra di un albero, forse un salice, mentre in piedi tra loro una fanciulla completamente, spavaldamente nuda si aggirava mescendo del vino da una piccola anfora nei calici che quelli protendevano verso di lei. La donna era stata segnata sul muro nell'atto di dar da bere all'unico tra i personaggi ritratti che offriva le spalle all'osservatore, il volto completamente celato. L'unico colto in una posizione composta, senza traccia dell'indolenza sensuale di cui sembravano preda tutti gli altri. Ed era evidente che, seppure all'interno di una composizione corale, erano loro due il vero centro della scena: la bellezza fulgida della natura sensuale e la misura composta della ragione. Se si fosse trattato di due donne, si sarebbe potuto pensare a una allegoria dell'amor sacro e profano: ma la presenza dell'uomo non sembrava consentire questa interpretazione. A meno che il personaggio di spalle, a onta dei suoi abiti, non fosse anch'egli una donna.

Ma non erano tanto queste considerazioni a attraversare

la mente di Dante: restava lì con gli occhi sgranati, a guardare il volto di Vana del Moggio ritratto esattamente in tutto il suo splendore sensuale, con gli occhi illuminati di quella luce che tante volte aveva visto in lei nei momenti del piacere.

Scosse violentemente la ragazza, afferrandola per una spalla: «Chi è la donna ritratta in quel disegno?» esclamò, quasi gridando. Pietra si sottrasse con uno strattone alla presa, contrariata dall'improvvisa attenzione del poeta per una donna che non fosse lei. Guardò di malavoglia il volto indicato da Dante, e poi sbuffò: «Lo sanno tutti chi sia, qui dentro. È la lebbrosa».

«La lebbrosa?»

«Sì, la chiamano così perché nessuno deve rivolgerle la parola» disse arricciando il naso «e fingere di non vederla nemmeno. Viene al Paradiso una volta ogni dieci giorni, si chiude in una stanza riservata e riceve un solo uomo per tutta la notte, sempre lo stesso.»

«Chi?»

«Nessuna l'ha mai visto. Entra da una porta sul retro, coperto fino agli occhi, e se ne va all'alba, per la stessa strada. L'unica che forse ne sa qualcosa è monna Lagia» e Pietra sputò in terra, al nome della sua padrona, perché non ci fossero dubbi sulle sue opinioni.

Chiedere qualcosa a Lagia sui segreti del suo mestiere sarebbe stato come chiedere al mago Guido Bonatti la formula della fabbricazione dell'oro. Né poteva pensare di costringerla con la forza. Quella donna dannata sapeva troppo dei fatti suoi, e non avrebbe esitato un istante a mettere in piazza tutte le sue debolezze in materia di frequentazione delle puttane. E anche se i suoi elettori di San Piero erano gente semplice e di facile contentatura, gli ultimi a scandalizzarsi per qualche cedimento ai sensi, con l'aria che aveva preso a tirare in Toscana non era il momento di scendere la scala del pubblico consenso, anzi.

«E vuoi sapere la cosa più bella?» Pietra lo guardava in volto con aria impudente, come se si preparasse a una frase a effetto: «Parlano».

«Cosa?»

«Parlano soltanto. Tra loro. Passano la notte a confabulare. Noialtre ascoltiamo le loro voci che procedono per ore ininterrotte, nei momenti di silenzio tra un cliente e l'altro.»

«E cosa dicono?»

«Parlano a voce bassa, inintelligibile. Si sente solo questo mormorio continuo. Forse pregano. E lei gli bacia il rosario.» Pietra era scoppiata a ridere, sfrontata come sempre.

Inintelligibile. Dante ripeteva quella parola senza ancora riuscire a credere di averla mai udita. Si disse compiaciuto che doveva essere stata di certo la sua frequentazione a forbire così l'eloquio della ragazza.

Ma restava l'enigma del disegno. Quei tratti di dolcezza e di maestria potevano essere solo di uno, in tutta Firenze. Riconosceva quella mano, tra le cento che in quella primavera andavano decorando la città in piena espansione di denari e di costruzioni.

Si rivestì velocemente, sotto lo sguardo assente di lei, che sembrava non più vederlo, ormai prossima a cadere preda di un sonno profondo e senza sogni. Nella sua mente che svaniva Dante era tornato a essere uno dei tanti uomini delle sue notti, un volto dai tratti incerti, che si stava allontanando e non c'era più motivo di ricordare. Fuori i primi raggi dell'alba cominciavano a trasparire attraverso il telo dell'impannata della piccola finestra. Il poeta si soffermò appena a guardarla, mentre varcava la soglia. Giurò un'altra volta che non sarebbe tornato mai più da lei.

«Che cosa ti ha detto?» Il breve sonno di Pietra era stato presto interrotto dalla voce aspra di Monna Lagia. L'aveva afferrata per i capelli e la scuoteva dal bordo del letto. La ragazza sbatté rapidamente le palpebre, come per mettere meglio a fuoco quel volto che si protendeva verso di lei. Accennò appena a una protesta, ma uno schiaffo violento finì di destarla di colpo. Scoppiò a piangere, sfregandosi la guancia arrossata, mentre l'altra ripeteva a voce più alta: «Che cosa ti ha detto?».

«Chi, messer Dante?»

«Sì, il tuo amico poeta. Che adesso è anche priore. Pare che facciano carriera, i tuoi amici» aggiunse, sarcastica «Avete passato un bel po' di tempo a cianciare, come se le mie stanze fossero diventate un oratorio. Quanto ti ha dato?»

Pietra fece appena in tempo a dire che non aveva ricevuto nulla, prima di ricevere un altro schiaffo, appena più leggero del primo. Si capiva che monna Lagia non era preoccupata in realtà dell'aspetto economico della questione, perché senza accennare più a fatti di denaro tornò a chiedere: «Che cosa ti ha detto? O credi che te l'abbia portato qui solo per addolcirti le lenzuola?».

«Mi ha detto che mi ama! Che sono la sua Bellacoglienza!» le urlò in faccia la ragazza. Gridava quelle parole trionfante, spinta da tutto il rancore accumulato verso la sua padrona, scagliandole addosso l'amore di quell'uomo importante come un'arma, «che vuole passare solo attraverso la mia porta, e che mi porterà con lui a Parigi, appena morirà sua moglie!»

Lagia era scoppiata a ridere, un ghigno feroce che le distorceva i lineamenti. Sembrò che volesse colpire ancora la piccola Pietra, che s'era stretta in un angolo, con il terrore negli occhi. Invece si limitò a carezzare la sua testa tremante, mentre con un angolo del lenzuolo le asciugava in silenzio le lacrime.

«Povera grulla. Stringi tanti uomini, e non ne sai riconoscere uno. Dimentica queste sciocchezze, e dimmi del resto.»

«Ha voluto sapere della lebbrosa, ha visto il disegno.»

Gli occhi di Lagia corsero alla parete, mentre un'imprecazione le saliva alle labbra: «Quel maledetto bischero, disegnerebbe anche sul culo di sua madre. Lo sapevo che avrei dovuto far coprire quello sgorbio». Poi, rivolta di nuovo alla ragazza: «Ha riconosciuto la donna?».

«No, non credo. Non mi ha detto nulla. Però sembrava molto curioso di lei.»

«Tu cosa gli hai detto?»

«Che nessuno di noi la conosce, e che non è una di noi.»

Lagia rimase per un attimo in silenzio, come se stesse pensando alle ultime parole dell'altra: «No, credo che l'abbia riconosciuta. Altrimenti ti avrebbe tempestato di domande, so bene come è fatto. E così aspetta che muoia la moglie, vero? Forse vuole ammazzare anche lei».

In quel momento si affacciò al piccolo uscio uno dei servi che aiutavano nella conduzione dell'impresa, dicendo che c'era in basso un uomo che voleva la padrona. Non pronunciò alcun nome, ma era evidente che si trattava di qualcuno atteso, perché Lagia si affrettò a uscire e a prendere per le scale che conducevano al piano terreno.

Bellacoglienza era rimasta sola, e si stringeva nel suo lettino. Era felice di essere sola. Dante Alighieri, quante parole gli aveva sentito mormorare, quante sciocchezze sussurrano gli uomini in quel momento. Era un poeta importante, le aveva detto qualcuno. Chissà.

L'uomo era stato fatto entrare nella sola stanza non utilizzata per le cerimonie di Eros, e che era riservata alla padrona. Sedeva su uno sgabello, davanti a una grande cassa di quercia massiccia, dagli angoli rinforzati con piastre di ferro e chiusa da un lucchetto imponente. Era di carnagione giallastra, il volto solcato da una ragnatela di rughe, le mani serrate in grembo per nascondere il leggero tremito che le pervadeva. Proprio alla cassa sembrava riservata ogni sua attenzione, tanto che non parve nemmeno notare l'ingresso di Lagia. La donna ebbe così modo di studiarlo per un istante, prima che quello si accorgesse di lei.

«Salute, messer Gianni. Cosa vi porta da me?»

«Ho bisogno di quello che tenete nascosto lì dentro.»

«Quello che tengo lì dentro viene da molto lontano, e costa molto denaro.»

Un lampo di disperazione attraversò lo sguardo dell'altro: «Conosco bene i tuoi prezzi, maledetta. Ma è l'unico farmaco che attenua il tremito delle mie membra, e che riesce a vincere gli attacchi del mio demonio».

Lagia rabbrividì a queste parole, come se le immagini della scena cui aveva assistito tanti anni prima fossero ancora vivide nella sua mente. «Sì, è davvero un demonio, quello che vi possiede. Ma io non sono una clarissa. Se volete la resina d'Oltremare, sapete il suo costo» disse freddamente.

Poi, come addolcita: «Ho sentito parlare di un grande sapiente che è giunto in Firenze, e che dicono un maestro nell'uso delle erbe contro il dolore: messer Martino da Vinegia. Perché non provate a rivolgervi a lui, per il vostro male?».

L'altro scosse sconsolato la testa, mentre si protendeva avidamente verso la cassa, che la donna aveva cominciato ad aprire, con una chiave che teneva al collo.

17

21 luglio, mattina, convento di San Piero

Appena possibile Dante aveva ordinato ai suoi due uomini di scorta di tornare a perquisire la taverna del Bandinello, interrogando padrone e serventi sui loro strani avventori notturni. No, non s'erano avveduti di nulla d'insolito. Sì, c'era stata una rissa, per non chiari motivi, ma senza feriti o gravi danni. No, non conoscevano quel gruppo, forse studenti, e gli studenti si sa come sono. Era inutile chiedere altro: nessuno aveva visto nulla, sentito nulla, compreso nulla. Non avendo dubbi su quelle che sarebbero state le risposte aveva evitato di perdere tempo, occupandosi lui stesso delle indagini. Per sbattere contro un muro e farsi prendere in giro bastavano i bargellini. Avrebbe dovuto far torturare Bandinello, ma da troppi segni aveva capito, al solo fare il suo nome in Consiglio, che molti in Firenze erano in uso con lui, e che avrebbe trovato una resistenza imprevista verso ogni iniziativa. Così attendeva la sua occasione, dopo aver scritto mentalmente nel Libro il nome di quel ruffiano di pervertiti.

Sedeva immobile allo scrittoio nella sua cella, stringendosi le tempie con le mani contratte come artigli, con il cervello attraversato dalle fitte di un'emicrania feroce. Se chiudeva gli occhi le tenebre subito si laceravano in un polverio di scintille, come se l'anima volesse fuggirgli dalla testa, ancora insultata da quello che il suo corpo aveva fatto la notte. Era la punizione che sempre più spesso, da qualche tempo, il suo cervello gli infliggeva quando all'alba tornava a essere il poeta fiorentino figlio delle Muse, dopo una notte vissuta onorando gli dei inferiori.

Sentiva il trascorrere inesorabile del tempo: proprio quell'anno, da pochi giorni ormai era giunto alla metà del cammino che Dio assegna ai passi dell'uomo giusto sulla terra. La notte prima l'affanno del respiro lo aveva fermato lungo le scale della torre degli Uberti, e forse per questo il suo aggressore era riuscito a fuggire, o forse per i suoi sensi che si erano ingannati sulla provenienza dei rumori. Se a Campaldino fosse stato così lento e ottuso, ci sarebbe stata anche la sua carcassa a far compagnia a quella di Buonconte tra le onde dell'Arno. Pensava a quanto ancora gli restasse da fare, e come il tempo fosse sempre meno.

Tornò con la mente a tutte le rime d'amore che aveva saputo dettare solo pochi anni prima. Si chiedeva se sarebbe mai stato più capace di tornare a scrivere con quella leggerezza che lo aveva reso famoso. Maestro dei poeti, unico dopo Virgilio.

Ma adesso doveva farsi forza, e riuscire a immergersi nell'esame della corrispondenza diplomatica che si era accumulata nel suo studio durante gli ultimi giorni. La tragica vicenda in cui era precipitato lo aveva spinto a trascurare i compiti della carica, ma doveva continuare a occuparsi di tutto quello che doveva essere organizzato per la cerimonia dell'arrivo in visita pastorale di papa Bonifacio e del suo seguito. Provava un'avversione profonda per colui che aveva usurpato la cattedra di Pietro dopo l'abdicazione di Celestino. Tra l'altro correva voce che il sant'uomo fosse stato fatto assassinare proprio da Bonifacio subito dopo l'atto di rinuncia, per coprire lo scandalo di due papi viventi. Sì, Bonifacio era tipo da non fermarsi davanti a niente, per dare corpo ai suoi piani. Nei cinque anni di pontificato aveva già assoggettato o condotto a rovina mezza Italia, e non era un segreto come proprio Firenze, con il suo tesoro di fiorini nelle casse del Comune e delle Arti, fosse il suo prossimo obiettivo.

C'era solo da sperare che qualcuno dei tanti nemici che si era creato nella sua stessa Curia provvedesse ad avvelenarlo al più presto, liberando la Chiesa dalla sua devastazione. La sua morte sarebbe stato il vero segno del secolo nuovo, e avrebbe indebolito quei maledetti francesi che cominciavano a spadroneggiare anche in Toscana. E allora avrebbe messo anche lui nel gran poema, al quaderno dei falsi profeti, squartato. O dei simoniaci, confitto a testa in giù nella merda. O nel fuoco. O nella merda, meglio. O nel fuoco.

Stava dettando la risposta alla nota del messo pontificio, il cardinale d'Acquasparta, che chiedeva un'udienza urgente con l'autorità comunale, quando gli fu annunciato l'arrivo del pittore Giotto.

Un sorriso gli illuminò il volto, a sentire la voce dell'artista che risuonava potente dietro la porta. Giotto era l'unico tra i suo amici di gioventù che aveva continuato a frequentare anche quando la passione politica nascente l'aveva pian piano distolto da quel mondo di cortesia e di leggerezza che i Fedeli continuavano ad abitare. Forse perché era sempre stato tra loro quello meno perso nelle sottigliezze delle parole, preso com'era dalla passione per le forme. Come se l'anima intellettiva conoscesse due modi diversi di funzionare, e ci fossero uomini che per raggiungere la conoscenza percorrono una via fatta di idee connesse come gli anelli di una catena, e altri nelle cui menti la luce della verità sfolgora per illuminazioni improvvise, come una pala d'altare che riassuma in poche macchie di colore secoli di storia sacra.

Il mistero di come i concetti e le idee prendano corpo in noi attraverso i segni che ci scambiamo lo affascinava sempre di più negli ultimi tempi. Il linguaggio. Avrebbe trattato prima o poi il problema delle sue forme. Avrebbe trattato anche quello.

Entrato il pittore, i due si abbracciarono e baciarono sulle gote. Sentiva già la morsa alle tempie che cominciava a sciogliersi, come se quella voce amica possedesse la stessa virtù della polvere di loto.

«Hai fatto bene a farti trovare, per Dio! Son giorni che cerco di farmi ricevere per la commissione del campanile, che continuamente si rinvia, Dante. E sembra che il miracolo che ho disegnato per voi bestie di Fiorentini non sia mai troppo bello per essere cominciato, visto che ancora mi si rimanda! Di' a quei cani dei tuoi compari in Consiglio, che Giotto pittore è richiesto da tutta Italia, e che ha già legato le sue bisacce per andarsene a far bella Pisa: diglielo, che se quei bischeri vogliono un Duomo che copra tutta Toscana, farò a Pisa un campanile tanto alto da pisciarvi addosso, maledetti mercanti!»

Dante era scoppiato a ridere a quella sfuriata, contagiando il pittore, che parve dimenticare di botto la sua ira. Si appoggiò alla parete tenendosi il ventre dalle risa. Sembrava incredibile, pensava ogni volta che lo rivedeva, come un uomo tanto sottile nel cogliere anche la più leggera sfumatura di passione e dolore su di un volto, sapesse essere tanto ameno nel vivere quotidiano, e tanto lontano dalla pensosa mestizia con cui ritraeva i suoi santi. «O Giotto, è solo questione di fiorini. Se i campanili s'alzassero a forza di *benedicite Domine*, il tuo sarebbe già più alto del monte Amiata.»

«E se s'alzassero come la mia verga, basterebbe far passare davanti monna Lagia, e vedresti da vicino l'ottava meraviglia!»

«Ti gonfi come le rane di Fedro, e farai la loro fine! Anche il vecchio Cimabue diceva che sei più bravo con i cerchi tondi che con il pennello!»

«Tu mi burli, ma è proprio di fiorini che ho bisogno, e tanti, Dante, per Dio! Ho assunto tutti i lapidari, e i maestri carpentieri, e gli impastatori, e tutti mi chiedono la loro mercede. E per di più i tuoi amici del Comune mi sollecitano la consegna delle opere, adesso che vi giunge tra capo e collo quel sant'uomo di Bonifacio!»

«Hai saputo dunque anche tu dell'annuncio della sua venuta? Sembra che giungerà il dieci di Agosto.»

«Tutta Firenze ne parla e ne sospira, come se non bastasse quel diavolo che il papa ha già fatto in casa sua, con la storia del suo giubileo! Masnade di storpi e ubriaconi che si riversano giù per la via di Roma in cerca di assoluzione alle loro vite immonde, da comprare con qualche soldo d'offerta» strillò il pittore con la sua voce tonante.

«E quel che è peggio, raccoglie così denaro per armare uomini senza moderazione: ha già messo l'assedio a Gubbio, che s'era ribellata, e chiede armati anche a noi» lo interruppe il poeta nella sua sfuriata

Gli aveva afferrato il polso e lo stringeva a morte, cercando di soffocare quelle uscite, pericolose in un luogo in cui ogni muro aveva non solo orecchi, ma anche lingua per riferire. «In Consiglio ho votato contro l'invio, e la parte dei Neri ha giurato di farmela pagare. Non sono tempi allegri nemmeno per me, amico: tu almeno hai la consolazione di far vivere i muri con le tue pitture, io sono soffocato dalle scartoffie e nemmeno riesco a rispondere alle invettive che Guido mi invia sulla mia vita scellerata. E quel poema di cui tu sai, è ancora nel libro delle intenzioni: nemmeno una parola sola su carta, ancora.»

«Sempre meglio del povero Casella.» Il tono del pittore s'era fatto improvvisamente diverso, e una maschera scura era calata sul suo volto. «Già, il povero Casella, ho saputo della sua morte, Dante, e lo piango insieme con tutti gli altri Fedeli d'Amore. L'avevo visto nemmeno tre giorni fa, e portava la morte disegnata sul volto.»

«Pensi che davvero si sia lasciato morire, come crede Guido, per il rimorso di aver distrutto la vita di Vana?»

Giotto si strinse nelle spalle. «Casella era impazzito d'amore per quella donna. Delirava di gelosia. Una volta, quando provai per scherzo a chiedergli di prestarmela per modellare su di lei il volto di una Maddalena, per poco non mi aggrediva con un coltello. No, credimi, amico mio, Casella era fuori di sé da tempo, anche se non dava a vederlo con facilità. C'era un tarlo che lo corrodeva da dentro, e nemmeno l'amicizia degli altri Fedeli sembrava ormai consolarlo.»

«Ho visto la tua sanguigna, al Paradiso» disse distrattamente Dante, come cambiando argomento. Giotto lo guardò di sottecchi: «Sì, un gioco... ma tienilo per te. Son cose che è bene non vadano troppo in giro, almeno di questi tempi.»

«E monna Vana sembra più viva della vita stessa: come

hai fatto a ritrarla così, se nemmeno per farne il volto Casella te la lasciava avvicinare?»

«Casella era un povero grullo, che credeva che il giorno fosse fatto solo di dodici ore. E lasciata la sua bella al tramonto pensava che quella s'addormentasse in grembo a qualche arcangelo fino alla mattina dopo.»

«E invece?»

«Invece se ne andava negli ultimi tempi sempre più spesso in un altro Paradiso, e ben sveglia.» L'ultima frase era stata accompagnata da un nuovo scoppio di risa. Ma Dante stavolta non si lasciò andare a imitarlo. Lo fissava anzi con una certa tristezza. «E chi è l'uomo che non si vede?» chiese.

«Chi?»

«L'uomo senza volto, che hai disegnato con le spalle rivolte alla stanza. L'uomo cui Vana offre da bere.»

Giotto, che fino a quel momento non aveva fatto altro che dimenarsi di continuo sulla sedia, in preda all'argento vivo, si irrigidì come se questa volta volesse pensare bene a cosa rispondere. Poi fece un gesto vago. «Che vuoi che ricordi. Vana offriva da bere a tanti. Quello sarà stato uno che non voleva esser visto!» e tornò a sorridere sforzatamente.

«Dammi notizia degli incontri dei Fedeli» cambiò discorso Dante.

«Si vedono. E parlano. E dicono cose dolci d'amore. E sperano per il meglio per questa disgraziatissima terra d'Italia. Ah, fratello, ma almeno quelli possono chiudersi nel recinto della loro fantasia, a dialogare con gli spiriti magni. E io che avrei voluto pennellare uomini, e mi son dovuto accontentare di ritrarre frati! Ma se Dio vuole, Dante, forse presto si potrà dipingere anche qualche damigella, sui muri di questo paese di pupazzi! Dammi quei fiorini, Dante, e ti farò i più bei tocchi di figliola che nemmeno nei tuoi cori angelici!»

«Sta' attento agli scherzi del tuo pennello!»

«Il mio penello potrebbe ingravidare anche un muro affrescato!» lo beffò l'altro, colpendolo amichevolmente su una spalla. «Sta' attento piuttosto tu agli scherzi della tua lingua! Si dice che i Neri vogliano Bonifacio in Firenze, e poi saldare il conto a tutti quelli che come te vanno intralciando i loro disegni. E forse hanno già cominciato, a sentire quel che racconti della taverna del Bandinello.»

Dante lo guardò di sottecchi, e stava per replicare. Ma gli venne in mente che Giotto poteva dargli qualche informazione su un altro argomento, più vicino al suo mestiere, e disse: «Hai saputo che è ricomparsa la Medusa di Guido Bigarelli?».

«Cosa? Quella testa di bronzo? Quella che Bigarelli aveva cercato di rifilare ai tuoi Francescani? E dov'è?» Dante non ebbe il tempo di rispondere, perché quello, trascinato dall'entusiasmo, continuò: «La Medusa del grande Bigarelli! Io l'ho vista un giorno di... ma saranno più di venti anni, quando ero alla sua bottega, prima che fuggisse da Firenze. Un'opera straordinaria, prima forgiata nel bronzo e poi colorata a smalto *cloisonné*, secondo la regola dei maestri di Francia, un gioiello straordinario. Sprecato, amico mio, per quei cazzo di frati, anche se ti piacciono tanto. E credimi bene, Dante, che li conosco, una massa di ipocriti e di sfaccendati che seguitano a sfruttare il nome di quello svanito di Francesco...» e avrebbe continuato a voce sempre più alta, se non si fosse accorto dell'espressione del volto di Dante, che avvampava. «Ma basta con i frati. Guido Bigarelli. Se lo avessero lasciato fare oggi l'Italia avrebbe l'opera più straordinaria mai fatta dopo la scomparsa dei grandi Romani».

«Che cosa?»

«Bigarelli aveva progettato il monumento di Federico di Svevia.»

«E cosa c'era di straordinario?»

Giotto picchiò un pugno sulla tavola: «Era straordinaria anche solo la carta su cui la disegnò. Pensa, Dante, un colosso di bronzo alto centocinquanta braccia, coronato d'alloro, con in mano lo scettro e il globo del potere. E la corona che nascondeva il braciere di un faro, perché la sua potenza fosse visibile da miglia e miglia! E aveva anche immaginato dove collocarlo: a gambe aperte a cavallo della via Appia, a segnare come uno spauracchio i confini del Regno. Lo sapevi che Federico se l'era portato dietro nella sua crociata a Gerusalemme, perché si fermasse a Rodi a studiare i resti del Colosso? Lui già vecchio ce ne parlava ancora a noi giovani della bottega, e avresti dovuto vedere le fiamme che si accendevano in quello sguardo disperato!».

Aveva assunto un'espressione assorta, come se con gli occhi dell'anima stesse contemplando davvero quella meraviglia. Anche la mente di Dante cercava di formarsi una immagine di quello che Giotto andava dicendo: «Ma non c'è bronzo a sufficienza in tutto l'impero per un'opera così grande!».

«Bigarelli era un uomo di larghe vedute. Nel suo progetto era anche indicato come si poteva procurare il bronzo necessario.»

«E come?»

«Fondendo tutte le campane delle chiese del regno. E strappando i loro tetti di rame.»

Dante era rimasto a bocca aperta. Giotto era scoppiato di nuovo a ridere: «Bigarelli era fatto così. Pensava in grande, sempre».

Fu solo dopo che quello se n'era andato, che Dante si sorprese a considerare come in realtà lui non avesse raccontato nulla degli avvenimenti notturni intorno alla taverna del Bandinello, di cui Giotto pareva così bene informato. Mentre invece non sembrava sapere nulla dell'uso singolare che della testa di Medusa era stato fatto al funerale di Vana.

Firenze era proprio una città di maledetti chiacchieroni. E di sordi e ciechi.

O era una città in cui gli scultori smaltano mostri, e i pittori disegnano donne assassinate.

18

21 luglio, alla metà del giorno, convento di San Piero

La faccia del Bargello raggiava soddisfazione, mentre sedeva di fronte a Dante, le gambe allungate quasi fin sotto lo scrittoio del priore. Dante lo squadrava freddamente, aspettando che quell'idiota gongolante si decidesse a rivelare il motivo che lo aveva portato nella sua cella. «E così messer Durante, pare che gli armati del Comune abbiano trovato i colpevoli, mentre spiriti più sottili cincischiavano nei loro filosofici pensieri.»

«Che intendete?»

«Intendo che mentre voi correvate dietro non so bene cosa, io ho già chiuso nelle segrete dell'Ospedale i colpevoli dell'assassinio di monna Vana.»

Dante era balzato in piedi, mentre quello accentuava la sua espressione di tronfia soddisfazione. Poi continuò, come se si fosse impietosito dell'evidente ansia dell'altro: «Perché, messer Durante, voi uomini di lettera siete bravissimi quando discettate del culo di Aristotile, che fosse tondo o quadro, ma siamo noi gente d'azione a sbrogliare le matasse, perché noi viviamo nel mondo e non tra le nuvole. E poiché viviamo nel mondo, sappiamo quello che sta avvenendo in terra di Francia».

Il volto di Dante era rigido come la maschera di pietra di una fontana romana: «E che cosa sta avvenendo in terra di Francia?».

«I messi di re Filippo la stanno percorrendo in lungo e in

largo, mettendo in guardia le autorità locali contro il torbido complotto che gli immondi ebrei hanno organizzato ai danni della Cristianità, e ordinando che provvedano allo sterminio di questa genia di demoni» aveva avvicinato il suo volto a quello di Dante, e aveva abbassato la voce a un livello appena percepibile «la peste, messer Durante.»

«La peste?»

«La peste, che ha già devastato il nord di quel cristianissimo paese, scatenata dalle malie dei sudici ebrei. È convinzione provata di re Filippo che in tutte le sinagoghe del regno, nei loro conciliaboli segreti essi abbiano dato corso ai loro riti innominati. Sacrifici umani, messer Durante, corpi di bambini cristiani rapiti dalle loro culle e fatti a pezzi e mangiati, e le viscere bollite e il loro grasso spalmato sull'uscio delle case dei gentili.»

«Basta con queste idiozie, Bargello! La peste nasce dai miasmi della terra imputridita dalla troppa precipitazione acquea, per corruzione dei suoi spiriti vitali. E necessita per la sua espansione delle necessarie congiunzioni dei pianeti maggiori e di venti malefici e umidi: o avete dimenticato che la moria procede sempre da Oriente verso le terre del tramonto, e mai invece origina in settentrione?» Dante aveva pronunciato la parola *bargello* come un altro avrebbe detto sputo, o merda di cane, o topo di fogna schiacciato dalla ruota di un carro in mezzo alla strada. «Ed è inoltre piaga troppo spaventosa perché Dio nostro possa consentirne il dominio al popolo che l'ha prima tradito e poi rifiutato nei secoli, e che tuttora persiste nell'empietà dell'attesa di un altro messia falso e bugiardo. Solo questa considerazione avrebbe dovuto persuadere re Filippo, se è cristianissimo come voi dite, della perversa insensatezza di questa accusa, che mira soltanto a spogliare queste carogne di usurai dei loro averi mal guadagnati.»

Il Bargello era stato a sentire senza capire del tutto gli argomenti del priore, ma qualche cosa doveva aver fatto breccia nella sua torva sicumera, perché si era ricomposto sulla sedia, in atteggiamento di difesa: «Vorreste negare che il modo dell'omicidio di Vana del Moggio non sia quello di un sacrificio umano? Vorreste negare che la sua testa strappata non sia un orrido simbolo? Vorreste negare che l'atto stesso della decapitazione non sia il sigillo dell'uso blasfemo del corpo umano, per diaboliche motivazioni? Vorreste forse negare che le strade della nostra Firenze siano calpestate ormai da troppi ebrei, che sfruttano sfacciatamente la colpevole tolleranza del nostro Comune, e la divina comprensione di Santa Chiesa, e brigano al riparo dei loro muri infetti la rovina nostra?».

Dante era rimasto in silenzio. Non provava alcuna simpatia per il popolo reietto, ma la storia della peste era una solenne sciocchezza. E poi non avrebbe mai dato ragione al Bargello, nemmeno di fronte all'evidenza.

Eppure poteva esserci qualcosa di vero, nelle sue farneticazioni, pensò. Anche la sua mente era stata colpita dal primo istante dall'aspetto rituale del delitto. Quello di Vana era indubbiamente un sacrificio. Ma un sacrificio a quali dei, e perché? E chi ne era stato il terribile officiante? E perché la scelta di quell'altare spurio, tra il carro da sfilata di Calendimaggio, e il simbolo supremo della superiore maestà dell'impero? Si diceva per ogni dove, e l'aveva ben sentito anche lui per le vie e le taverne della città, che gli ebrei fossero dediti alla nefanda pratica del sacrificio umano, e che nei loro terribili riti bevessero il sangue delle loro vittime, in una atroce parodia della messa cristiana. Ma questo avveniva nel segreto delle loro sinagoghe sotterranee, al riparo di ogni sguardo cristiano: i corpi degli assassinati sparivano per sempre, e solo con uso di tortura e confessione degli accusati s'era potuta talvolta ricostruire la verità dell'accaduto. Invece il corpo di Vana era stato addirittura ostentato, quasi si volesse che tutti sapessero e inorridissero del fatto, e non era questo agire da ebrei.

«E poi, Bargello, non ci sono ebrei in Firenze.»

«Vi sbagliate ancora, priore. Ce ne sono ben sette famiglie, che non sfuggono alle periodiche visite di controllo dei miei uomini. Sappiamo tutto di loro.» Dante immaginava cosa potesse essere una visita dei bargellini, e non aggiunse nulla su quel punto. Tagliò dunque corto: «E dite che li avete arrestati tutti?».

«Solo i maschi delle famiglie, compreso quello che chiamano rabbino, e che deve essere il capo della banda.»
«Voglio vederli subito. Conducetemi nelle segrete.»

Nei sotterranei dell'Ospedale esistevano delle vecchie cantine che erano state adibite sia a camera mortuaria che a prigione per pazzi e delinquenti, ma si era sempre rifiutato di vederle, anche dopo che aveva cominciato a ricoprire incarichi pubblici. C'era un limite a tutto e per tutti, e quello era il suo limite. Se c'era un inferno sulla terra, era lì. E nessuno poteva chiedergli di visitare l'inferno da vivo.

Ma adesso che sembrava venuto il momento di farlo, la strada fu percorsa rapidamente. I due uomini non avevano niente da riferirsi, oltre quello che si erano già detto, e per continuare a disprezzarsi non avevano bisogno di parole. Per questo camminavano restando in silenzio, Dante rimuginando sugli aspetti del rito, l'altro sull'arroganza del priore.

Tanto la sua carica sarebbe decaduta ben presto, e allora ne avrebbero riparlato.

Giunsero all'Ospedale. Il Bargello precedeva Dante guidandolo verso la parete di fianco dell'edificio, completamente cieca se non fosse stato per una porta bassa e massiccia, più larga che alta, rinforzata da cunei di ferro e robusti cardini a sbalzo che ne sottolineavano l'apparenza massiccia. L'architrave di pietra recava incisa una qualche scritta, ma i caratteri consumati confondevano lo sguardo e ne rendevano impossibile l'intelligenza. A un ordine perentorio del Bargello, una mano invisibile dall'interno aveva fatto ruotare verso di se uno dei due battenti, ed erano entrati nella macchia d'ombra che divorava lo spazio oltre la soglia.

Appena dentro gli occhi di Dante, ancora abbagliati dalla luce esterna, precipitarono nella cecità più assoluta. Perso nelle tenebre, le sue prime sensazioni nell'interno furono quindi di natura olfattiva e auditiva. Un puzzo atroce, e pianti e rumore di voci confuse, un suono di percosse e bestemmie riempiva quello spazio popolando il vuoto di spettri ronzanti. Poi lentamente la vista era tornata, e Dante aveva cominciato a riconoscere la forma di un vasto sotterraneo di pietra intervallato da tozzi pilastri, che sorreggevano una rete di volte a crociera, a malapena illuminato da alcune lampade a olio sospese agli angoli. Sul pavimento di terra battuta, tra escrementi e piccole pozze d'acqua che sembravano affiorare dalla terra, decine di uomini giacevano incatenati tra loro o legati ad anelli di ferro infissi nelle pareti, chi abbandonato in terra chi appoggiato con le spalle a un muro, chi addirittura straziato da corde appese ad anelli sul soffitto, che ne strappavano gli arti.

Dante seguì il Bargello verso il fondo del sotterraneo, dove in un angolo erano ammucchiati una mezza dozzina di uomini apparentemente liberi da catene, riuniti uno sull'altro come un piccolo gregge smarrito, che all'apparire del priore s'erano affrettati a rialzarsi, cercando affannosamente di disporsi su una riga davanti a lui. I loro volti ansiosi si protendevano in avanti, cercando di divinare nella sua espressione il futuro che li attendeva..

Il poeta li osservava a sua volta con attenzione, cercando di cogliere nei loro volti quei segni di perfidia della loro razza eretica, che denotassero la chiara colpevolezza di cui andava cianciando il Bargello. Certo non erano tali da indurre sentimenti amichevoli, con i loro profili adunchi resi ancora più scarni e taglienti dalla paura che ne scavava i lineamenti e ne accendeva gli sguardi già febbricitanti, che si intravedevano sotto il lembo della veste con cui tutti sembravano proteggersi la testa. Il più vecchio tra loro lo guardava fisso, dopo essere un poco avanzato rispetto agli altri, e correva con lo sguardo sul corpo di Dante, tra il volto e le insegne della sua carica, aspettando di essere interrogato.

«Siete voi il rabbino della comunità?»

«Sì, priore.» La voce del vecchio era stanca ma ferma. Aveva parlato con tono basso. Ma in quel momento un intervallo fortuito di silenzio era sceso a spezzare le grida dei condannati. A Dante parve di essere improvvisamente solo con quell'uomo, e che la sua voce gli risuonasse negli orecchi come un tuono lontano.

«Scopritevi la testa. Non sarà certo una tela sul capo a proteggervi dall'ira della legge, ma la giustizia del Comune, se siete innocenti.»

Tutti si erano affrettati a ubbidire. «Sapete perché siete qui?»

«Ci accusano dell'omicidio di una donna» rispose il rabbino «di una donna che non conosciamo. Nessuno di noi ha mai ucciso nessuno, né in questa città né in altri luoghi in cui la nostra comunità sia vissuta.»

«L'accusa è che abbiate ucciso per convocare i vostri demoni, e diffondere così il contagio della peste, aprendo sulla nostra città cristiana i cancelli dell'inferno» disse Dante, sorvegliando con la coda dell'occhio il Bargello che taceva tutto impettito, intento a spostare il suo peso da una gamba all'altra come a rimarcare la propria massiccia presenza.

Il rabbino esitò un attimo prima di rispondere, il volto attraversato da un'ombra dolorosa. Sembrava fare appello a tutta la sua pazienza per ricacciare indietro l'urlo di protesta che gli sorgeva alla gola. Poi, sempre pacatamente, rispose: «Voi parlate dei cancelli dell'inferno, priore. Ma essi sono già stati spalancati, in questo luogo» e accennò con la mano allo spazio che si estendeva intorno a loro. Le voci dei condannati s'erano intanto riaccese, e di nuovo la mente di Dante era tornata in quel turbine che lo aveva colto all'ingresso. Sentiva lontana la voce del rabbino, che continuava come evaporata nella penombra: «Ogni uomo porta la sua Geenna nel proprio animo, e costruisce mura intorno a essa, perché le lingue di fiamma non ne escano. Perché dovremmo rovesciarle sulla terra in cui noi pure viviamo, perché dovremmo accrescere il male e il dolore, senza nessun vantaggio per la nostra gente? Forse che la pestilenza risparmierebbe poi i nostri corpi, o quelli dei nostri figli?».

Dante non rispose. In effetti non aveva mai creduto alla colpevolezza degli ebrei, e solo la stupidità del Bargello poteva collegare quegli uomini così umili e da poco a un'opera luciferina. «Scatenare la peste vuol dire uccidere un popolo intero» continuò sempre a bassa voce il rabbino «e questo oltrepassa i limiti stessi della comprensione: Dio ha posto un limite all'umana ferocia, punendo con la follia impotente chi tenta di oltrepassarlo.»

Dante ascoltava quelle parole, e pensava a quanto fosse erroneo il ragionare dell'altro. Se un limite viene posto, è perché esso può essere superato. Se non lo si potesse, non avrebbe senso vietarne l'oltrepasso, come nessuno erige una muraglia sull'orlo di uno strapiombo. «Eppure Adamo violò il limite impostogli addirittura da Dio» disse «e Adamo è padre di noi tutti.»

«E Dio non ha forse punito noi tutti con la follia?» replicò l'altro, tornando a indicare con un gesto circolare della mano quello che li circondava.

«Liberate questi uomini» disse seccamente Dante rivolto al Bargello. E visto che quello esitava, accennando a una protesta, prese per mano il rabbino, e voltatosi cominciò a retrocedere verso l'ingresso. Subito gli altri ebrei si gettarono sull'altra sua mano, formando una tremante teoria tra le rimostranze sempre più vivaci del Bargello, che si andavano perdendo nell'oscurità.

Come Orfeo, Dante riconduceva verso la luce quelle anime perse senza voltarsi indietro, senza prestare orecchio alle invocazioni, senza vedere i corpi straziati dai ferri, facendosi pietra davanti al dolore feroce che attraversava. Giunto alla porta, e ottenuta con la sua autorità l'apertura dei chiavistelli, riemersero tutti nell'immensità abbacinante del meriggio, seguiti dal Bargello vociante.

Gli ebrei si aggiravano in tondo, ciechi e increduli, respirando affannosamente l'aria come naufraghi appena gettati sulla riva dalla tempesta. Solo il rabbino era restato immobile, la mano stretta ancora in quella di Dante: «Dio vi renderà merito per questo atto di giustizia, anche se dovrete pagarlo di fronte agli uomini: Dio non cancellerà il mondo, finché l'ultimo giusto percorrerà la terra. Io non posso aiutarvi nella vostra ricerca della verità, perché è regola del mio popolo di non intromettersi nelle guerre dei gentili. Ma le nostre comunità vivono in tutto l'impero cristiano, e spesso veniamo a conoscere piccoli frammenti dei vostri segreti: tenetevi alla larga da Santa Croce, se tenete alla vostra vita».

Dante stava per chiedergli cosa volesse intendere, quando la sua voce fu sopraffatta da quella sgraziata del Bargello, che urlava ordini agli uomini del corpo di guardia. Cercando di riaffermare il suo ruolo di capo della polizia, attraverso quello sfoggio di autorità becera, gridava che quegli sporchi ebrei venissero immediatamente trascinati alle loro case, e che non osassero più allontanarsene per trenta giorni. I bargellini erano subito scattati, scatenandosi a calci sul gruppo degli ebrei, ancora intontiti dalla vampa del sole, e spingendoli violentemente via dall'Ospedale. Anche il rabbino correva via sotto una gragnola di colpi, ma fece in tempo a voltarsi ancora verso Dante, gridandogli: «Non entrate in Santa Croce!» prima che un altro calcio lo costringesse a tacere.

Dante era restato solo, con la testa confusa dalle inattese parole del rabbino. Volevano forse dire che era lui l'oggetto di quella macchinazione che aveva portato alla morte di Vana? E chi poteva nascondersi in Santa Croce da essere addirittura pericoloso per la sua vita? E se il rabbino avesse inteso non la grande chiesa fiorentina, ma la "santa croce" della Chiesa, e avesse voluto metterlo in guardia contro una minaccia ordita ai suoi danni dai partigiani di Bonifacio?

Che cosa sapeva quell'uomo, apparentemente così insignificante, delle miserie di Firenze? E cosa, davvero, delle guerre dei gentili?

19

21 luglio, all'ora del Vespro, in casa di Dante

«Vi ho chiesto udienza riservata, priore, per i motivi che saranno chiari da quanto sto per dirvi.» il cardinale era entrato nella stanza e ne occupava con il suo volume il centro, dominato dalla monumentale macchia rossa delle sue vesti. Il passaggio del suo strascico aveva sollevato in un turbinio la polvere del pavimento, che adesso gli vorticava intorno in un nugolo di vortici resi iridescenti dai raggi obliqui del sole al tramonto. A Dante sembrò che fosse veramente uno spreco della natura quella simulazione di maestà divina intorno a un uomo torbido come d'Acquasparta.

Il suo volto atteggiato a benevolenza curiale, con il naso a becco che si ripiegava su una bocca larga e feroce avrebbe fatto la gioia di un fisionomico greco che trattasse dell'ipocrisia. Ma era il rappresentante del papa in Firenze, forse l'uomo più pericoloso che camminasse per la città in quei tempi. «Capisco e rispetto ben volentieri i vostri desideri, cardinale, anche se la modestia della mia casa non è degna di accogliere la vostra persona, e più consone a essa sarebbero state le stanze della Prioria» aveva esordito in risposta.

Doveva stare attento, con quell'uomo, si disse. Quello che nemmeno tre anni prima aveva catturato con il tradimento e poi distrutta Penestre. E che adesso tramava con quell'altro farabutto del re di Francia per assidersi come finto paciere in mezzo alle fazioni di Firenze, al solo scopo di assicurare anche questa al patrimonio di San Pietro, com'era chiaro a tutti tranne ai ciechi e ai traditori venduti che grufolavano nel Consiglio dei Cento.

Il cardinale e Dante sedevano l'uno di fronte all'altro, sui due piccoli scranni di legno che costituivano, insieme con lo scrittoio e lo stipo delle carte, l'unico arredo dello studiolo. Quello su cui sedeva il cardinale riusciva a contenere a stento l'abbondante massa corporea dell'uomo tondo e imponente come un uovo di uccello africano, costringendolo alla rigida immobilità del prigioniero di una macchina di tortura. Dante notava il fastidio dell'altro con un sottile e perfido compiacimento, che cercava però di non dare assolutamente a vedere mascherandosi dietro modi affabili e cerimoniosi. La fantesca di casa aveva già servito due coppe di vin bianco, che il cardinale, anche in quella scomoda posizione, aveva tracannato con la stessa spigliatezza con cui alzava il calice all'offertorio.

«Spero che le passate esperienze vi abbiano indotto a più miti e misurati consigli verso l'opera di pacificazione di Santa Romana Chiesa.[2] Opera che il pontefice stesso ha posto nelle mie mani» esordì il prelato.

Lo sguardo del poeta scese per un istante sulle dita adunche dell'uomo, poi risalì sul suo volto, affrontando il suo sguardo severo. «Mitezza e misura sono essenza dell'arte di governo. Ma nulla vi è di più mite e misurato della forza delle proprie ragioni.»

«Bene, sapremo vederlo. Ma non per questo ho chiesto d'incontrarvi. Ho avuto notizia che il Consiglio ha incaricato voi di condurre le indagini sulla tragica morte della cantatrice Vana del Moggio.»

Non era una domanda, ma una semplice constatazione. Dante rimase così in silenzio, solo accennando brevemente

[2] Il Poeta ha già avuto modo di scontrarsi con il cardinale, ancora ne *I delitti del mosaico*.

con il capo. «E mi dicono che state interrogando coloro che condivisero le ore estreme della povera fanciulla.» Una breve pausa, mentre il cardinale cercava infastidito di entrare meglio nel pozzetto dello scranno, poi: «Posso sapere se le vostre indagini hanno raggiunto qualche risultato, e se la Giustizia divina ha voluto illuminare quella degli uomini, rendendovi già edotto sull'identità del colpevole?».

Dante era stupito. Aveva pensato che dietro la richiesta di quel colloquio riservato ci fossero ragioni di stato legate alla situazione politica del Comune, e certo alla prossima visita del Pontefice. Si era preparato a una schermaglia diplomatica, magari a dover fornire spiegazioni sul suo recente rifiuto all'invio di armati fiorentini in aiuto dell'esercito papale. Invece si trovava di fronte a un interessamento della Chiesa per un banale seppur tragico fatto di violenza urbana, di esclusivo interesse della giustizia secolare.

A meno che nelle forme del delitto la Chiesa non avesse riscontrato una presenza diabolica: ma allora l'Inquisizione si sarebbe già fatta avanti in modo diretto attraverso i suoi delegati. Mentre il cardinale d'Acquasparta era sicuramente un incaricato della Curia per i soli negozi civili, un faccendiere furbo e pratico di traffici e corruzioni. Che interesse poteva avere nella morte di Vana? E se si fosse trattato di un interesse personale, e la condotta della donna e quello che si diceva di lui non potevano escluderlo, non si sarebbe esposto mai direttamente, ma avrebbe preso contatto con lui attraverso un intermediario.

Vedendo che il priore non rispondeva, l'altro incalzò: «Devo arguire dal vostro silenzio che avete già maturato le vostre certezze? Sapete, dunque?».

«No, non ho convinzioni» si riscosse Dante, affrettandosi a spezzare l'ambiguo entusiasmo che leggeva nel tono di voce del cardinale. «No. La materia resta oscura, come le tenebre nelle quali è stato commesso il primo delitto.»

«Perché il primo? Ve ne sono stati dunque altri?» s'era subito riaccesa la curiosità del cardinale, mentre Dante si rimproverava di quell'involontaria rivelazione. «Chi altri è legato alla morte della cantatrice! Rispondete!»

La voce del cardinale aveva perso di colpo quel tono di bonomia untuosa e cerimoniale degli inizi, per assumere tutta l'alterigia cui era evidentemente abituata. Dante, dopo un attimo di disorientamento, fu felice della piega che stava prendendo la conversazione. Erano in casa sua, nella sua città, e lui era priore di Firenze! E, soprattutto, non c'erano scomodi testimoni a quel colloquio. Se si gettavano le maschere della diplomazia, avrebbe finalmente potuto dare il fatto suo a quell'intrigante.

Afferrò con ambo le mani i braccioli del suo scranno e si spostò con un saltello direttamente in fronte all'altro. A quella distanza poteva sentire distintamente il fiato vinoso del cardinale. Avvicinò ancor di più il suo volto, protendendosi in avanti: «Perché volete saperlo? Non è affare della Chiesa punire gli assassini delle donne di Firenze».

Il cardinale taceva adesso, squadrando Dante come se stesse pensando rapidamente a cosa dire. Si accarezzava il mento liscio, la bocca resa più piccola da una smorfia. Capì che Dante era pronto allo scontro, e che bisognava cambiare strategia. «Scusatemi. Nella mia ansia di giustizia ho trascurato di rendervi noto come la povera Vana, oltre a essere una cittadina della vostra splendida città, era anche una fedele suddita di Santa Romana Chiesa, particolarmente cara al cuore del Santo Pontefice.»

«E come poteva una cantatrice, seppure brava come Vana, rallegrare così il cuore di Bonifacio?»

«Sua Santità non ha mai conosciuto di persona, naturalmente, quella donna. Ma la devozione alla causa della Chiesa era comprovata dalle sue azioni.»

«Cosa intendete?»

«Voi siete certo a conoscenza delle... difficoltà che l'opera di pacificazione di Sua Santità incontra in queste terre, difficoltà crescenti negli ultimi tempi. Tutti i suoi avversari sono in campo per disfare l'opera di Dio, e non tutti i suoi leali sudditi» e a queste parole fissò esplicitamente Dante «sono altrettanto alacri nel sostenere le sue sorti. Vogliamo conoscere il nome dell'assassino.»

«Perché? Perché la sorte di quella donna turba tanto i vostri sonni?»

«Non la sorte della donna, ma quella del suo assassino, è fonte delle nostre preoccupazioni.»

«Perché?»

«Perché voi conoscete di certo, per il vostro ufficio di priore, che tra pochi giorni Sua Santità verrà a coronare i riti dell'Anno Santo nella vostra città, e officerà in Santa Croce una solenne messa insieme con cardinali e vescovi convenuti da tutta Italia. Ed è mio compito che nulla venga a turbare la sacra cerimonia.»

«E perché la morte della cantatrice dovrebbe turbare un concistoro tanto grandioso?»

Il cardinale tacque di nuovo, ma sapeva che se voleva collaborazione da Dante non poteva eludere più quella domanda. «Perché monna Vana era al servizio della Curia, la più abile e precisa informatrice di cui disponessimo nella città di Firenze. Perché la sua morte ci ha privato di uno dei nostri occhi in questo luogo.»

«Monna Vana era una spia al servizio di Bonifacio?»

«Sua Santità papa Bonifacio VIII, come vi piace di appellarlo, non ha al proprio servizio nessuna spia. Il suo apostolato parla ai cuori dei giusti, e non ha bisogno di ricorrere ai bassi e vili mezzi degli uomini per realizzare gli intendimenti della superiore giustizia. Egli è la parola di Dio in terra, e a lui si inchinano doverosamente tutti i potenti» corresse l'altro, piccato. «Ma...»

«...ma?» lo incoraggiò Dante. Forse l'altro stava finalmente per scoprire le sue carte.

«...ma esistono spiriti malvagi che si oppongono a questo mirabile disegno di pace universale all'insegna della croce di Cristo. Uomini che alla sua croce ne contrappongono un'altra, difforme e perversa, stravolta nel suo disegno e nei suoi intendimenti.»

«Una croce come questa?» Dante tracciò lentamente in aria con il dito indice il disegno che aveva visto sull'impugnatura dell'arma trovata in casa di Casella.

«Sì...» sibilò l'altro con voce soffocata, mentre nei suoi occhi esplodeva un guizzo di allarme e di sospetto. «Dove avete visto quell'insegna, *urma diaboli* figurata?»

«Non posso rispondervi.»

«Parlate! L'avete scorta tra le carte di maestro Martino?» La voce del cardinale andava accendendosi di furia. Sembrava che tutta la sua maschera ipocrita avesse preso a sgretolarsi, facendo trasparire dietro i tratti insolenti e collerici della sua vera natura. Dante cominciava a gongolare dentro di sé, sentendo che più l'altro perdeva il proprio controllo, più sarebbe stato facile averne ragione.

«Perché proprio quel vecchio?» replicò allora pacatamente, con fare del tutto innocente. Aveva pronunciato la parola *vecchio* con una sfumatura di commiserazione, come se volesse far credere di essere convinto della sua assoluta innocuità.

«Non fingete di non sapere che è stato mandato qui dalla Serenissima con lo scopo di fornire aiuto ai fuoriusciti ghibellini, e a tutti quelli che trescano con gli imperiali contro i disegni di Sua Santità!» quasi urlò l'altro, rosso in viso. «Ne seguiamo le mosse da mesi. Voi credete che sia qui per acquistare qualche pezza per le sue vele, che il Diavolo si porti tutta la flotta di San Marco! Egli è la testa di un'Idra che trama per avvelenare la terra, e per troncarne tutti i verminosi tentacoli siamo costretti a dissimulare la nostra ira, consentendo ai nostri nemici un'apparente libertà di movimento, perché si tradiscano. Perché credete che si sia consentito quel rituale blasfemo del seppellimento, che ha profanato con quella sozza icona la santità della casa di Dio? E per quanto credete che consentiremo a questi artistoidi di spargere la loro feccia vanamente colorata, prima di intervenire e ricondurli a misura? Speravamo che qualche segno ci rivelasse il senso di quella morte, ma non abbiamo scoperto nulla. Per cui torno a chiedervi: ove sono giunte le vostre indagini?»

Adesso il volto di Dante s'era avvicinato quasi a sfiorare quello accaldato del cardinale. Gli sibilò addosso: «Non un passo più in là delle vostre. E io non dispongo né della grazia illuminante, né degli uomini segretamente al servizio di Bonifacio».

Il cardinale lo guardava enigmatico, come se avesse voluto aggiungere altro. Ma non emise una sola parola. Restò in silenzio per alcuni attimi, poi prese bruscamente congedo, alzandosi faticosamente dallo scranno e avviandosi con passi pesanti verso la porta, senza attendere che Dante gli aprisse l'uscio. Non sembrava proprio soddisfatto della risposta. Parve non accorgersi nemmeno della lieve genuflessione di cortesia che il priore aveva appena accennato alle sue spalle. La polvere aveva ripreso a turbinare al suo passaggio.

Forse il cardinale nella sua furia s'era lasciato andare più di quanto avrebbe voluto, quando aveva accennato al pericolo rappresentato dal lavorio sotterraneo degli agenti di san Marco. Del resto poteva anche essere una semplice coincidenza, ma non era a Venezia che si era rifugiato l'eretico Bigarelli? I particolari di quello strano funerale, anzi quell'osceno rituale, come aveva detto il cardinale d'Acquasparta, ripresero a turbinare nella sua testa, abbaglianti come lo scintillio della terribile testa metallica.

Trascinato dalla frenesia degli avvenimenti, aveva trascurato di chiarire chi si fosse curato della sepoltura. E soprattutto da dove fosse uscita l'opera che aveva fatto da macabro posticcio nella messa in scena. Quasi a completare con arte beffarda quello che la mano omicida aveva strappato.

Ricordò di aver visto le insegne della confraternita d'Orsanmichele sui cappucci dei necrofori. Era lì che bisognava chiedere.

20

22 luglio, ora sesta, sede della confraternita d'Orsanmichele

Dante s'era fatto annunciare per tempo direttamente al capitano della confraternita, chiedendogli udienza urgente. Aveva preferito questo modo alla più formale convocazione a San Piero, per evitare che la voce del suo interesse circolasse, e che qualche confratello di basso rango fosse coinvolto nelle investigazioni.

Il capitano lo ricevette malvolentieri. Non correva buon sangue in quel momento tra gli amministratori del Comune e i capi delle confraternite: era in atto uno scontro di potere di cui non si vedeva la fine, e poco spingeva alla collaborazione reciproca. Ma Dante era pur sempre un priore, per quello che questa carica voleva ancora significare, e il capitano non poteva rifiutarsi di dimostrare almeno una cortesia di facciata.

«Cosa posso fare per voi, messer Durante, visto che avete tanto insistito per parlarmi?»

«Non io, messer Vigo, ma il Comune ha bisogno di voi.»

«E ditemi dunque.» Il tono di voce del capitano si era fatto immediatamente cauto e sospettoso.

«La vostra confraternita si è occupata dell'accompagnamento e della cerimonia funebre di Vana del Moggio. Voglio conoscere il nome di chi ve ne ha dato incarico, e soprattutto chi abbia predisposto lo strano ornamento della salma, fornendo la testa di Medusa per il seppellimento.»

L'altro restò per un momento silenzioso, come incerto su come rispondere, o forse su quanto rispondere. Si tirava la barba e arricciava il naso come cercasse di ricordare. Dante lo squadrava a sua volta, con un atteggiamento imperturbabile.

«Monna Vana era da sempre una sostenitrice della nostra confraternita» si decise alla fine schiarendosi la voce. «Partecipava e contribuiva alle nostre opere di bene. È legge dei nostri capitoli che ogni confratello in difficoltà, o nell'ora della sua morte, abbia vicina l'opera d'Orsanmichele. È nostro vanto che questo sempre succeda.»

«E Vana era un membro della confraternita?» intervenne Dante stupito. «Credevo che l'adesione fosse riservata ai soli uomini.»

«È vero e certo. Ma è pur vero che nei nostri statuti viene consentita una sorta di partecipazione minore, direi spirituale, anche a quelle donne che abbiano a ben meritare dalla confraternita o da membri della stessa.»

«E Vana del Moggio aveva avuto a ben meritare?»

«Sì... credo. E comunque qualcuno dei nostri soci si è interessato. Evidentemente.»

Dante non vedeva alcuna evidenza, invece, e non intendeva mollare: «Ditemi il suo nome».

Visto che l'altro esitava, tornò a chiedere, freddamente: «Ditemi quel nome».

«È un uomo che voi conoscete bene, messer priore, il cantore Casella.»

Dante non fu stupito più di tanto da quella rivelazione. Dentro di sé sapeva che doveva trattarsi di qualcuno degli uomini del convito, e quello di Casella era uno dei nomi che in fondo si aspettava di udire. Perché era il più ovvio, viste le relazioni privilegiate che intercorrevano tra i due. Eppure non riusciva a reprimere una punta di delusione. Proprio perché il più ovvio, il nome del cantore era anche il meno utile per le sue indagini. «E messer Casella vi ha dato indicazione sui modi della cerimonia?»

«Sì, nel dettaglio. E ha fornito alla confraternita la testa di mostro, e si è curato lui personalmente della preparazione della salma.» Nelle parole dell'uomo affiorava ancora un senso di ribrezzo, al ricordo della scultura blasfema. Dante intuì che l'altro fosse stato per qualche motivo costretto a piegarsi a una volontà superiore, nell'autorizzare la messinscena, e non ne era contento.

«E non lo avete trovato strano?»

Vigo esitò, parve sul punto di aprirsi. Ma poi qualcosa lo richiamò alla riservatezza e alle elusioni di prima: «Ci sono uomini, priore, per cui nulla è troppo strano. Anche la Santa Chiesa accorda più comprensione alla stravaganza degli artisti che non alla fermezza degli uomini saggi. A volte un lazzo procura celebrità laddove lo stesso motto affermato seriamente fa salire sul rogo». Il capitano aveva impercettibilmente abbassato il tono della voce: «E non è prudente chiedere sempre conto delle cose, nemmeno per chi eserciti momentaneamente il potere».

Aveva calcato il tono sull'avverbio. Se avesse voluto essere più esplicito, non avrebbe potuto.

Dante uscì dalla casa della confraternita, dietro la loggia d'Orsanmichele con la testa immersa in riflessioni poco allegre. Continuava a girare intorno a quel gruppo di sospetti, senza progredire di un passo. Tutti gli indizi sembravano puntare ancora una volta su Casella: ma l'uomo era morto, forse morto per disperazione che scaturisce dallo sconvolgimento dei fluidi animali, ucciso dalle sue passioni. Ma forse anche lui assassinato. E in questo caso il colpevole doveva essere un altro. Un altro che aveva prima ucciso e deturpato il corpo di Vana, e poi in qualche modo misterioso procurata la morte di Casella, presumibilmente per mezzo di qualche veleno sconosciuto. Forse il cantore era stato eliminato per qualcosa di cui era a conoscenza.

Ma perché l'orrenda mutilazione del corpo di Vana? Se i due delitti erano in qualche modo collegati, ed erano opera di una stessa mano, com'era possibile che una singola mente orditrice fosse ricorsa a due modi tanto diversi per raggiungere i suoi scopi, esasperando nel primo caso il delitto, e occultandolo invece nel secondo?

Non sembrava esserci una motivazione logica. Se la testa

era stata tagliata via per ritardare il riconoscimento dell'identità della vittima, allora perché quella oscena esposizione del resto del corpo, che sembrava fatta apposta al contrario per attirare l'attenzione sul dramma? E se questo non era il motivo del fatto, allora perché sottrarre la testa? Dante ricordò la leggenda popolare: nelle pupille di un morente la cui vita venisse strappata da una mano omicida restavano impresse in modo indelebile le fattezze dell'assassino. Che la testa dunque fosse stata nascosta per celare nelle tenebre l'immagine del demonio che portava con sé?

Forse davvero tra quegli uomini che la sua mente vedeva sempre riuniti intorno al corpo straziato, ce n'era uno la cui anima aveva già abbandonato il corpo ancora vivo ed era sprofondata in Averno, mentre il suo cadavere continuava a muoversi e a trarre in inganno i viventi. Come si diceva che fosse di Branca Doria, il traditore che aveva trucidato i suoi parenti con malizia e il diavolo gli aveva rapito l'anima.

Dal colloquio con il cardinale, seppure oscurato dall'evidente ritrosia dell'altro a chiarirgli i reali termini della lotta politica in corso, aveva comunque appreso nuovi particolari sulla figura di messer Martino. Che glielo mostravano sotto una luce diversa: non solo il maestro di saggezza ieratico, esperto di fisica e magia naturale, e forse anche di arti occulte sul filo dell'eresia, ma anche l'uomo al servizio degli interessi molto più terreni della repubblica di Venezia. Al centro di una trama di relazioni che sembravano coinvolgere, dietro l'apparenza di una conoscenza superficiale, anche le vittime dei delitti.

Continuava a passare in rassegna i volti di tutti i coinvolti, distribuendoli secondo una immaginaria graduatoria delle rispettive possibilità di colpevolezza. Permutandone più volte le rispettive posizioni, e sempre alla fine quello di maestro Martino era l'unico a sfuggirgli come una serpe dalle mani. In fondo era possibile che Vana fosse stata uccisa per accecamento d'amore, da Casella. Ma era anche possibile che la causa della sua morte fosse molto più profonda e torbida, legata al ruolo giocato dalla donna nel conflitto sotterraneo tra papato e impero, e all'intreccio di interessi che coinvolgeva nel grande gioco la repubblica di San Marco. E in questo caso era probabile che a tessere le fila di quella trama potesse esser proprio il vecchio sapiente, quel vecchio così insolitamente vigoroso, dai capelli ancora tanto folti e vitali da farli credere sbiancati con arte alchemica, in modo da accreditare una canizie e un'età alterate per trarre in inganno.

Sì, c'era qualcosa del giullare, dell'ipocrita attore, in quell'uomo dalle movenze quasi sacerdotali. Forse era il luccichio nel fondo dei suoi occhi, così simile al lampo alcolico del bevitore, a destare in Dante quel sospetto. O forse l'assoluto controllo sui suoi movimenti, troppo fluidi e felini, troppo privi di qualsiasi segno della debolezza dell'età.

Ma trarre in inganno chi, e perché? Poteva essere...? Sì, c'era la possibilità che la testa scomparsa fosse nascosta presso di lui. Troppo aveva letto e sentito, durante i suoi viaggi, sulle malefatte degli stregoni. Sapeva per certo della *mano di fortuna* che si costruiva in Oriente con l'arto disseccato di una strega. O di una mummia, come chiamano la salma di Faraone: che anche una testa di donna giovane e splendente potesse entrare in qualche terribile e sconosciuto rituale?

Ai confini d'Europa s'adoravano divinità difformi, e si diceva che qualcuno di quei culti era stato trasportato anche nelle terre dell'impero da viaggiatori che ne erano stati per mano di diavolo soggiogati. Martino era famoso per il suo sapere di scienza acquisito in luoghi remoti. E se avesse tratto anche altre conoscenza dalle sue peregrinazioni? Doveva conoscere qualcosa di più su di lui, e bisognava sorprenderlo portando, come il grande Scipione, la guerra direttamente in Africa.

Ma questa Africa era la Legazione veneta, il luogo meglio difeso e sorvegliato di tutta Firenze. Occorreva ricorrere a un espediente, degno di quell'astuzia greca di cui risuonavano i libri d'Omero: c'era bisogno di un marchingegno dedaleo, oppure di qualche cavallo di Troia. Decise di tentare il tutto per tutto, mentre cominciavano a delinearsi nella sua mente i pezzi di un possibile piano.

Raggiunto il palazzo del Capitano del Popolo chiese il comando di una dozzina di bargellini armati di tutto punto. Non aveva fornito molte spiegazioni al Bargello, e nessuna agli uomini del reparto: disse solo di aver avuto informazioni confidenziali su di una mala azione che si stava per perpetrare nel territorio del Comune, e che solo un intervento rapido e decisivo avrebbe potuto sventare. Il Bargello non sembrava sulle prime molto disposto ad affidargli una forza così rilevante, nonostante il poeta gli avesse spiegato sommariamente che si trattava di qualcosa legato all'omicidio di Vana del Poggio, e che se voleva che la cosa si risolvesse discretamente doveva fidarsi di lui. E poi, imprecando, che non stesse a intralciare le sue indagini, rozzo e illetterato com'era.

Il Bargello era avvampato per la stizza, poi aveva alzato lo sguardo al cielo, poi aveva finalmente assentito, dopo un ultimo tentativo di prendere tempo. Tanto alla scadenza del mandato ci sarebbe stato tempo per aggiustare i conti.

Guidata da Dante che aveva indossato tutte le insegne della sua carica, compresa la berretta con strascico che lo soffocava sotto il caldo infernale, la truppa si mise in moto a passo di marcia. Sei picchieri precedevano gli altri sei armati di balestra, e tutti e dodici avanzavano coperti di ferro con Dante al centro della dozzina in bella vista, emettendo un rumore di carriaggi che si avvertiva a grande distanza. Faceva parte del suo piano che lo spostamento dei soldati avvenisse in modo plateale, e che fosse avvertito con un certo anticipo nel luogo che costituiva la sua meta.

Bisognava che tutto avesse l'aspetto di una normale e rumorosa e inutile operazione di polizia.

21

22 luglio, mezzogiorno in punto, sede della Legazione veneta

Dante bussò imperiosamente alle assi di quercia chiodate che sbarravano l'ingresso, gridando che aprissero in nome del Comune. Dietro il portale s'avvertì da prima un parlottio soffocato, poi si aprì uno spioncino protetto da una inferriata, e il volto scuro di un moro si affacciò chiedendo in fiorentino stentato il motivo di quella visita.

«Aprite immediatamente all'autorità di Firenze! Dobbiamo salvare la vita di maestro Martino! Aprite!»

La faccia del moro si gonfiava di stupore, man mano che la sua mente decifrava le frasi di Dante pronunciate imperiosamente in quella lingua a lui estranea e poco intesa. I suoi occhi ondeggiavano nell'incertezza di quale partito prendere, stretto tra gli ordini severi di vietare l'accesso a chiunque, e l'imprevisto accenno a un pericolo grave per la vita del suo padrone. Dante tornò a bussare violentemente, stavolta con il pomo della mazza che costituiva l'insegna della sua carica. «Apri, faccia di merda, che l'ora manca!» tornò a gridare stavolta con voce resa acuta dalla concitazione, mentre gli occhi dell'altro lampeggiavano per l'offesa forse solo intuita nel tono della voce.

Dopo un ultimo istante di incertezza, si sentì finalmente provenire da dentro il rumore meccanico del chiavistello che veniva rimosso, poi la porta cominciò a muoversi. Appena apertasi una fessura Dante vi si lanciò attraverso seguito dai suoi, gridando minacciosamente: «Alla larga!» al gruppetto dei mori inturbantati che cercavano di sbarragli il passo verso la scala. Dietro di lui i bargellini si andavano schierando, con i balestrieri che prendevano la mira. Da parte loro i mori avevano sguainato le scimitarre e si disponevano chiaramente a resistere. Tutta la casa era spazzata da urla rabbiose che si inseguivano lanciando ordini.

La situazione stava per precipitare quando s'udì su tutte la voce profonda di maestro Martino, profonda e non segnata da alcun sentimento: «Ancora voi, di nuovo. Che desiderate stavolta, messer Durante?». Il vecchio era apparso in alto, sui primi gradini della scala a ridosso del piano superiore.

«Stavolta sono qui per voi, messer Martino.» Dante era balzato avanti, facendosi strada tra i bargellini, quasi a ridosso delle lame ricurve. «La Prioria ha appreso che in casa vostra è stato ordito un complotto per attentare alla vostra vita. Un piano degli imperiali per assassinarvi e far ricadere sul governo di Firenze la responsabilità della vostra fine!»

Recitava le frasi che si era preparato durante il breve tragitto. «Un piano ben meditato e accuratamente predisposto, un progetto diabolico. Chiedo la vostra autorizzazione a perquisire la casa, alla ricerca del vile assassino che si cela tra queste mura e di ogni documento che ci possa aiutare a far luce sul complotto e su chi l'abbia ordito.»

Martino esitò un istante prima di rispondere. Nell'impercettibile tremolio delle palpebre traspariva il segno di una febbrile attività del pensiero, che non sfuggì a Dante. Era certo che stesse passando velocemente in rassegna vantaggi e pericoli della richiesta, per decidere se acconsentire o tentare invece una qualche resistenza. Ma qualcosa nel suo aspetto diceva che se alla fine avesse ceduto non sarebbe stato per timore dei balestrieri, che non sembrava degnare neppure di uno sguardo, quanto per la certezza di essere al sicuro da ogni indagine.

Per un attimo tutte le ipotesi su cui si fondava tutta l'impresa, già esigue, vacillarono pericolosamente. Forse aveva sottovalutato l'abilità di quell'uomo.

«Salite pure con i vostri, priore» esclamò finalmente il vecchio, ordinando con un cenno ai servi mori di farsi da parte. «Sono lieto che la mia sicurezza di cittadino straniero e ospite siano tutelate con tanta premura dalle autorità del Comune. Fate tutto quello che vi sembrerà necessario, anche se mi sembra impossibile che qualcuno dei miei uomini, o addirittura un estraneo, possa nascondersi nella mia casa per attentare alla mia vita.»

Dante si avviò di corsa su per le scale, consapevole di avere poco tempo a disposizione. Gridò a due dei suoi di fare scudo al vecchio e agli altri di seguirlo. Aveva bisogno che Martino venisse immobilizzato, sotto le apparenze della protezione, per poter avere il tempo di frugare nelle sue stanze. Ma quello rimaneva tranquillo, perfettamente padrone di sé, quasi incuriosito di tutto quel trambusto che gli esplodeva intorno.

Mentre entrava e usciva dalle diverse stanze, gli sembrava di sentire sulla nuca il fuoco freddo del suo sguardo. Cominciava a pentirsi di aver intrapreso quell'azione. Nonostante le sue flebili speranze, in tutto il palazzo non sembrava esserci traccia della testa scomparsa, né alcun altro segno che potesse in qualche modo collegare il vecchio al delitto. Sempre fingendo di cercare il fantomatico assassino, Dante aveva fatto svuotare ed esaminare accuratamente tutti i cassoni guardaroba, alla ricerca di qualche traccia di sangue rimasta inavvertitamente su una veste.

Passò così in questi andirivieni una buona mezz'ora. Ormai il tempo stringeva, e la sua posizione si faceva sempre più imbarazzante. Tra poco sarebbe stato costretto a rinunciare, fingendo grande soddisfazione per l'esito negativo delle ricerche. Maestro Martino avrebbe finto grande soddisfazione per lo scampato pericolo, e si sarebbe profuso in ringraziamenti per lo zelo e l'efficienza della Prioria, e lo avrebbe accompagnato cortese e beffardo alla porta, insieme con tutti i suoi armigeri.

Rimaneva un'ultima stanza da perquisire, quella che doveva essere la stanza da letto del vecchio. Anche qui non c'era niente di sospetto. Ma la sua attenzione fu attratta da un fascio di carte segnate dai sigilli in ceralacca simili a quelli che aveva notato nello studio di Guido. Erano scritte in lingua di Francia, vergate da una grafia nervosa e minuta. La maggior parte dei fogli era completamente ricoperta di scritture, mentre alcuni diversamente riportavano singolari disegni di oggetti che Dante non aveva mai visto, oggetti che sembravano macchine composte di molte parti, pensate per svolgere compiti complessi e misteriosi. Forse malvagi, come è di tutto quello che si aggiunge all'opera della natura e modificarla, e cerca di correggere il disegno di Dio.

Seguendo un impulso improvviso Dante si impadronì di una manciata di fogli, nascondendola discretamente sotto la sua veste. Probabilmente in quelle carte avrebbe trovato solo dei versi, o forse qualche altro esempio della corrispondenza amorosa dei Fedeli d'Amore. Forse era soltanto un rendiconto delle attività della legazione. Ma voleva sapere, ecco tutto.

Aveva ormai guardato in ogni recesso della costruzione, e ancora non si era trovato niente che potesse giustificare tutto il bailamme che aveva scatenato. A meno che non esistesse qualche vano segreto nello spessore delle mura, e per questo avevano battuto e tastato inutilmente in ogni dove alla sua ricerca, non restava che arrendersi all'apparente totale innocenza della casa e dei suoi occupanti. Da un pezzo i bargellini stavano ormai girando a casaccio, tornando con un moto caotico di mosche impazzite a rovistare negli stessi posti senza nessuna convinzione, tra gli sguardi sempre più ostili dei guardiani mori.

Si sentì prendere dalla disperazione. Aveva giocato la sua mossa, e perduto. Le carte nascoste sul suo petto sembravano bruciare, e da un momento all'altro poteva essere scoperta la sottrazione. Certo nessuno avrebbe osato perquisirlo sulla persona, ma era evidente che ne sarebbe nata proprio la controversia diplomatica che voleva evitare.

Sarebbe stata la rovina più completa. Martino non si era mosso dalla rampa delle scale, e continuava a osservare tutta la faccenda con la sua aria di impassibilità sarcastica, quasi il suo senso di superiorità venisse esaltato dalla irrimediabile confusione in cui stavano precipitando gli intrusi.

Dante raccolse tutte le sue forze e gli si avvicinò con un

sorriso sforzato. «Sono lieto di poter constatare il vostro scampato pericolo, maestro. L'attentatore deve essere fuggito appena sentito del nostro arrivo. Né il Comune di Firenze né io personalmente avremmo potuto mai perdonarci qualsiasi leggerezza in materia tanto rischiosa, anche a pena, come si è dovuto, di turbare la quiete della vostra casa. Vi porgo il saluto» aggiunse rapido, sperando che il veneziano non pretendesse altre spiegazioni. Subito dopo dette ordine ai bargellini di riunirsi e di avviarsi all'uscita.

L'altro si era limitato ad accennare un inchino silenzioso, mentre lo guardava allontanarsi con un lampo di soddisfazione negli occhi.

Aveva l'impressione, ripercorrendo a ritroso il lungo vestibolo, che i mori gli misurassero con lo sguardo l'osso del collo. Fuori fu accolto dai latrati del maledetto cane del Bandinello, che doveva averlo seguito senza che lui se ne accorgesse e che lo aveva aspettato nascosto tra i piedi di un gruppo di sfaccendati, pronto ad avventarglisi addosso. Gli scagliò contro una pietra raccolta rapidamente per terra, mancandolo e scatenando una salva di risa e di fischiate di riprovazione per quello scoppio di immotivata ferocia.

Se non avesse dovuto allontanarsi velocemente li avrebbe fatti bastonare tutti dai bargellini, e ammazzare quel dannato cane. E tutta maledetta Firenze a fuoco, per Dio.

Intanto le campane avevano battuta l'ora nona. Gli restava appena il tempo per raggiungere il banco di messer Antonio, prima che finisse la giornata di lavoro. Preso dal dramma della vicenda in cui era precipitato, la sua vita privata era stata completamente cancellata, ricacciata indietro. Da giorni non vedeva i suoi figli e il resto della sua famiglia. Ma l'appuntamento con messer Antonio era troppo importante per poterlo differire, anche nella concitazione dell'ora. Messer Antonio da Fiesole, prestatore a interesse. Un lestofante e grassatore. Uno che non avrebbe voluto nemmeno dipinto sul proprio orinale. E però l'uomo che poteva rimettere in sesto almeno momentaneamente le sue finanze dissestate, pensò con amarezza.

Così, mestamente, si rimise sulla strada che portava alla sua bottega. Era giunto alla piccola stamberga in cui messer Antonio trattava i suoi affari proprio mentre quello stava per chiudere la porta del banco che dava sulla strada. Ebbe l'impressione che non fosse contento di vederlo, e che avesse cercato di svignarsela prima del suo arrivo. Comunque era stato fatto passare, e adesso sedeva davanti al suo tavolo basso da cambiavalute, così simile a quello dei giocatori delle tre tavolette, guardando l'altro che lo sbirciava a sua volta.

La freddezza di messer Antonio era evidente. Estrasse le carte dell'accordo già steso, ma l'altro le tornava a leggere da capo e a scuotere la testa come se ogni volta trovasse nel testo del contratto qualche punto diverso da quanto concordato, o qualche particolare da riconsiderare. Dante cominciava a sentirsi bruciare il terreno sotto i piedi. Quel prestito gli serviva per affrontare le spese dell'ultimo periodo della carica di priore, e per mantenersi dopo nel suo seggio al Consiglio. Le poche terre degli Alighieri non rendevano quasi più nulla, e a meno che non si fosse messo davvero a esercitare come speziale, passando ore a macinare pietre ed erbe per purgare i Fiorentini, non c'era altro modo per sopravvivere con la decenza del suo ruolo.

Quei fiorini gli servivano assolutamente, ed era dovuto ricorrere anche alla firma di suo fratello, come mallevadore, secondo le richieste di quell'avvoltoio. Ripensò a quante volte da infante fosse passato in fretta davanti al banco di suo padre, abbassando la testa e fingendo quasi di non vedere quello che l'uomo stesse contrattando. E adesso questo figlio di puttana lo sottoponeva alla stessa antica tortura cui suo padre aveva sottoposto i suoi clienti, per una sorta di dolorosa legge del contrappasso. Smaniava per chiudere: «E allora, messer Antonio, le garanzie sono come avete richiesto».

«Sì, in effetti, però.»

«Però cosa?»

«Ci sono dei cambiamenti... delle informazioni...»

Dante cominciava a esasperarsi: «Di cosa state parlando?».

L'uomo sembrava quasi ritrarsi dietro il banco come una chiocciola nel suo guscio, nascondendo la gamba monca:

«Ecco, il prestito che chiedete è ingente... più delle altre volte».

«Ma tutte le altre volte siete stato puntualmente ripagato. E sempre con il margine che avete preteso» aggiunse, con una libra di veleno nella voce.

«È vero, però stavolta le circostanze... sono diverse.»

«Cosa?»

«Vedete, messer Durante, nel nostro mestiere le informazioni sulla stabilità del cliente sono essenziali. E su di voi circola una brutta voce.»

Dante era impallidito, diviso tra rabbia e umiliazione: «Quale voce!» gridò strozzato, ma cercando nel contempo di mantenersi all'erta, per cogliere anche le sfumature più riposte nelle parole dell'altro.

«Che avete dei nemici potenti. E che non arriverete al nuovo anno.»

«Io arriverò al nuovo anno, e anche a quello dopo! Ma voi non imparerete quest'arte, se non onorate l'impegno che avete preso con me e con la mia famiglia. Gli Alighieri non sono della vostra razza di sciancati, bestie arrivate da Fiesole!»

Dette una spinta violenta al banco, rovesciandolo, tra le grida di aiuto dell'altro. Intorno cominciava a radunarsi gente, richiamata dalla scena. Dante si strinse nella sua veste di priore, come a farsene schermo contro la prossimità di tutta quella marmaglia, e si allontanò in fretta.

Tornato nella sua stanza e al riparo da sguardi estranei, Dante s'era gettato esausto sul semplice letto, in preda a una crisi di pianto nervoso. Stava lì immobile, come inebetito, schiacciato dalla rabbia per l'umiliazione subita e insieme dalla preoccupazione per tutte le difficoltà che gli si annunciavano, le orecchie preda di un ronzio sempre più ossessivo. Come avrebbe potuto far fronte alla situazione, quando i nodi fossero giunti al pettine? Se almeno fosse riuscito a scrivere qualcosa che gli desse finalmente la gloria certa che ancora andava cercando, forse avrebbe anche avuto quei riconoscimenti che Firenze ancora non voleva tributargli.

Chissà, forse avrebbe dovuto anche lui tentare la fortuna

nelle corti del Settentrione, come aveva fatto il suo maestro Brunetto, e lasciare questo paese di furfanti. Ma le lettere non hanno mai dato pane a nessuno, come dicevano gli antichi. E poi avrebbe dovuto cambiare patria, cambiare lingua. Cambiare anima...

Fu allora che gli tornarono in mente le carte rubate in casa di Martino, che aveva momentaneamente rimosso preso nel turbine dei suoi affanni personali. Quelle scritture in francese.

Si affrettò a estrarle dalle vesti per osservarle con attenzione, e con un interesse che andava crescendo man mano che voltava il fascio di fogli. Erano l'unico risultato di tutta l'impresa alla legazione veneta, del cui fallimento presentiva che avrebbe pagato ben presto le conseguenze. Le pagine sembravano in tutta evidenza parte di una scrittura più vasta. Erano vergate in una grafia piacevole e ordinata, e vi si parlava dell'assedio di una grande città d'Oriente da parte dell'esercito orgoglioso del Gran Cane, e di come fosse stato aperto un varco nelle mura grazie alla Voce del Drago. Fu colpito in particolare da un brano, tra quelli che andava traducendo mentalmente: *E la Voce del Drago è il tuono della potenza del Cane, di zolfo e sale di pietra e carbone, e mescolati per parti sette e due e una. E con tale voce le armi del Cane svellono le mura e annientano le armate dei re nemici. E a me Marco fu confidato il segreto, perché ero nel cuore del Cane, ed egli mi legava al suo trono coi lacci della riconoscenza. E di altre meraviglie fui messo a parte, del fuoco che brucia sott'acqua e distrugge le chiglie, del nero fumo che avvelena l'aria e scatena la peste. Ma di queste non dirò nulla e le seppellisco nel mio cuore, perché troppo nefasto sarebbe il conoscerle tra gli uomini.*

Avvertiva qualcosa di familiare in quei riferimenti inequivocabili al Gran Cane del Catai. In Firenze negli ultimi anni, grazie al gran fiorire dei traffici con l'Oriente, era andata crescendo la circolazione di scritti e relazioni di viaggio e cronache aventi come oggetto i fatti dell'Asia e dei suoi abitanti. A giudicare dalla lingua e dal nome *Marco* che vi compariva, Dante immaginava che potesse trattarsi di una pagina del

Divisament dou Monde, la storia dei suoi viaggi narrata da messer Marco Polo e trascritta da Rustichello pisano durante la loro comune prigionia a Genova. Ma non riusciva a ricordare di aver mai letto quelle righe nel manoscritto che gli era stato donato solo un anno prima da un suo amico di Lucca, che glielo aveva magnificato, entusiasta.

A lui per la verità quelle mirabolanti descrizioni del veneziano erano apparse difficilmente credibili, come in genere era delle visioni a occhi aperti degli scrittori padani. Come quel Bonvesin, che si era permesso addirittura di farneticare sulla geografia dei regni d'Oltretomba. Aveva anche sospettato che quel fanfarone non si fosse mai mosso da Venezia: e invece quell'opera era adesso riemersa dalle carte di maestro Martino, e per di più in una stesura sconosciuta. Che cosa intendeva quel riferimento alle parti? La formula di un rituale segreto, legato alle misteriose religioni orientali? Aveva l'impressione di aver già letto qualcosa del genere, da qualche altra parte. Ma dove? Un ricordo nel profondo della sua mente gli parlava delle pagine di un libro letto anni prima. O forse di qualcosa ascoltato dalle labbra di qualcuno dei suoi maestri.

E poi c'erano i disegni, e gli schemi di uno strano macchinario, fatto di un complesso trascinamento di ruote dentate come quello degli orologi che aveva visto sulle grandi torri delle città del Nord, anche se in questo non v'era traccia delle lance che in quelli servivano per misurare il tempo.

E poi c'era un foglio su cui appariva rapidamente schizzato a inchiostro un oggetto che gli gelò il sangue nelle vene: il profilo della strana freccia che quasi lo aveva ucciso, con il preciso dettaglio dei suoi artigli e del funzionamento della loro atroce apertura. Fu colto da un'ira violenta, per non averlo scoperto durante la perquisizione. Sentiva il sangue pulsargli alle tempie, il corpo avvampare come se una mano invisibile lo rigirasse sopra una graticola. Se i suoi occhi avessero visto subito quella carta nascosta tra le altre, sarebbe balzato immediatamente alla gola di Martino pretendendo una spiegazione, anche a costo di scatenare una battaglia con quei mori infernali.

Aveva fissa negli occhi l'immagine inquietante di quel maledetto vecchio, mentre seguitava a far scorrere da una mano all'altra il fascio di scritti e di disegni senza più nemmeno osservarli. Gli pareva che la testa gli si fosse riempita d'acqua, e che lui stesso fosse sprofondato nel baratro di qualche oceano, tanto avvertiva forte il silenzio intorno a lui. Poi di nuovo il suo sguardo colse tra le carte qualcosa che riaccese la sua attenzione. Sembrava lo schema di una sorta di struttura complessa, come realizzata da un intreccio di quelle che parevano assi, o forse barre metalliche, che suggeriva nelle sue linee generali la forma di un corpo umano in posizione eretta. In un angolo del foglio c'era uno schizzo a penna, che pareva un particolare della giunzione tra due degli elementi della struttura, con il dettaglio del sistema di cavicchi ribattuti, usati per lo scopo. E sopra, l'elemento che aveva attirato per primo l'attenzione di Dante, una lastra su cui appariva inconfondibile la sagoma di un occhio, con la notazione dei fori da utilizzare per la sua connessione alla struttura sottostante. Lo schema di montaggio di una qualche costruzione, oppure di una qualche macchina antropomorfa.

Oppure quello di una grande statua.

Improvvisamente gli tornarono in mente le parole di Giotto, a proposito del monumento di Guido Bigarelli in onore di Federico. Certo la coincidenza appariva straordinaria, se fosse stato possibile confermarla. Ma perché le tracce di quel sogno dimenticato avrebbero dovuto riemergere adesso tra le carte di uno scienziato veneziano? Il cervello di Dante fu attraversato da un lampo: da tanti segni s'era andato sempre più convincendo che il vecchio non fosse quello che proclamava di essere, come sembravano credere anche tutti gli altri. Che potesse essere in realtà il grande scultore, tornato a Firenze per qualche disegno segreto, forse per condurre a termine qualcosa iniziato più di venti anni prima, con l'episodio dell'insulto ai seguaci di Francesco?

Certo la sua età sarebbe stata veneranda, ma non incompatibile con quella che si poteva presumibilmente attribuire al sedicente Martino. In fondo nessuno aveva più sentito parlare di lui, e a distanza di tanti anni nessuno che anche l'avesse conosciuto all'epoca sarebbe stato in grado di divisarne i lineamenti, naturalmente mascherati dallo scorrere del tempo. Questo avrebbe spiegato il singolare riemergere della Medusa, anch'essa dalle nebbie del passato, quasi che il mostro e il suo artefice avessero trovato finalmente il modo di incrociare nuovamente i loro cammini, calpestando il sangue di un'innocente.

Più rifletteva, più gli sembrava di convincersi di quell'idea, che al principio era apparsa a lui stesso stravagante. Solo che quel crescente coacervo di indizi confusi e sempre più impastati di incertezza non lo aiutavano in nulla sulla strada delle sue indagini. Continuava a ripercorrere le tappe della vicenda, e scopriva di saperne sempre meno, adesso che le speranze riposte nella perquisizione della casa di Martino erano andate deluse, a parte quel ritrovamento del tutto inatteso. Che però generava solo ulteriore confusione, non ricollegandosi in nulla direttamente al delitto. E infatti dov'era la testa scomparsa, e soprattutto dove erano i perché del delitto?

Era immerso ormai da molto tempo in quelle meditazioni sconfortate, quando uno dei bargellini posti a sorvegliare le mosse degli uomini implicati nel delitto corse ad avvertirlo che aveva notato del movimento attorno alla casa dei Cavalcanti: sembrava che Lapo, Gianni Alfani, Martino da Vinegia e Filippo Argenti si fossero dati nuovamente convegno, perché erano stati visti a poco tempo uno dall'altro annunciarsi alla porta della sua casa, che ogni volta s'era aperta discretamente per farli entrare.

Stavolta bisognava esserci, decise Dante, a quello che pareva una singolare ripetizione del tragico convito. Dicono che il colpevole non riesca a strapparsi più dal male che ha commesso. Dicono che il colpevole resti inchiodato al male.

22

22 luglio, sera, palazzo Cavalcanti

I cinque uomini erano seduti intorno a un tavolo basso, rischiarato da una lucerna a olio. La luce che traspariva dallo schermo vitreo si rifletteva sui loro volti, scavandone i tratti e trasformandoli nelle maschere di un insolito carnevale. Fissavano Dante, che in piedi sulla porta della sala li ricambiava senza battere ciglio. Alle sue spalle il servitore che lo aveva ammesso all'interno aspettava ordini, e sembrava pronto ad afferrarlo per respingerlo indietro, in caso di un cenno del padrone.

«Anche stavolta non ho ricevuto il tuo invito» disse Dante, rivolgendosi a Guido. «Ma stavolta ho voluto essere al tuo convegno. E se Casella fosse ancor vivo, sarei sesto tra i tuoi convitati.»

Filippo Argenti lo guardava torvo, e sembrava come sempre sul punto di scagliarsi contro di lui. Ma Guido accennò un debole sorriso, mentre con una mano sfiorava il gomito dell'altro, come a trattenerlo.

«Non ti sapevo interessato ai nostri giochi. Ma sono sempre lieto che un amico varchi la mia soglia, e specie tu, che resti il primo tra loro.»

Dante lo ringraziò abbracciandolo, e salutò cerimoniosamente tutti i presenti, a esclusione di Filippo Argenti, cui riservò un secco cenno del capo. Più una minaccia che un saluto, avrebbe senz'altro giudicato un osservatore esterno. E così doveva interpretarla anche quello, che non aveva attenuato in nulla la propria ostilità.

«Ma temo che l'occasione non sia all'altezza di altri trattenimenti che abbia visto questa casa» continuò Guido, con voce incolore. «Né musica, né luce bianca di candele, come puoi vedere. Solo un incontro tra amici, per un torneo di *nabis*.»

«*Nabis*? Che cos'è?»

«È un nuovo gioco in forma di tenzone, che i Crociati hanno portato da Gerusalemme» rispose Martino, indicandogli quelle che sembravano le pagine disegnate e sciolte di un piccolo libro, strette e alte poco meno di una spanna, sparse sul piano del tavolo.

Dante ne prese in mano una. Da un lato mostrava un disegno compatto di piccole stelle di David, uguale a tutte le altre. Sulla faccia opposta invece campeggiava una miniatura rappresentante un cavaliere armato di scimitarra. Sembrava una xilografia colorata, simile a quelle che si cominciavano a vedere in vendita sui banchi dei cantastorie nei giorni di festa.

«Gli infedeli dicono di averle trovate nelle tende dei cavalieri di Genghiz Khan» continuò il vecchio. «Un nostro capitano me ne ha fatto omaggio, a Venezia. E m'è parso che meritassero l'attenzione di uomini d'ingegno.»

Dante continuava a scorrere i pezzetti di carta spessa, ognuno coperto di un disegno diverso, anche se sembravano esserci dei motivi ricorrenti nelle immagini.

«È una battaglia in campo aperto» riprese Guido «dove in soccorso dei combattenti giungono ventidue potenze superiori, ciascuna dotata di un suo potere arcano. La sorte assegna le forze mutevolmente a ciascun combattente, e sul tavolo incrociano le lame tutti i sudditi dell'impero, villani e cavalieri, preti e mercanti...»

Parlando indicava alcuni dei *nabis*, con sopra disegnate le insegne dei quattro ordini della società: le spade dei guerrieri, e i bastoni nodosi dei contadini, e le coppe dei sacerdoti e le monete dei mercanti, ripetute come simboli araldici.

Dante era affascinato da quella pratica sconosciuta, tanto

da aver quasi dimenticato i motivi che lo avevano condotto in quella casa. Si mise a osservare con attenzione quanto quegli altri andavano facendo.

Iniziò il gioco. Guido radunò le carte mescolandole poi tra loro, quindi vennero sorteggiate e distribuite in modo segreto agli altri giocatori. Si formarono così intorno al tavolo quattro piccoli regni in conflitto, con una parte di risorse assegnate a ognuno secondo le regole di fortuna.

Presero il via quindi una catena di scontri, ove le quattro armate si combattevano e prevalevano l'una sull'altra, notò Dante, secondo i prevedibili rapporti di forza derivanti dalle loro quantità. Per cui un cavaliere catturava un fante, e un re vinceva su tutti: ma erano le carte arcane, con il loro sottrarsi alle regole ovvie, a destare la sua curiosità. Queste sembravano farsi valere per moto loro proprio, secondo una segreta alchimia di motivazioni occulte. Perché la Temperanza vinceva l'Imperatrice? E perché e come il Mondo vinceva la Morte? C'era forse un linguaggio misterioso parlato da quelle figure? Ciascuna di queste carte era contraddistinta da un numero romano, e sembrava che la grandezza del numero fosse in relazione diretta con la potenza di ognuna

I giocatori parevano intendere perfettamente le regole di questa comunicazione muta. Dante osservava le loro mani agili, i loro sguardi che andavano componendo uno schema, avanzando a ogni singolo scontro lungo le tappe del conflitto totale che li opponeva. E a ogni cerchio di carte, il giocatore più bravo o più fortunato raccoglieva le sue prede, e davanti a ognuno di loro cresceva il mucchio delle vincite, come cadaveri ammonticchiati davanti alla tenda di un re barbaro.

Durante il gioco i giocatori si scambiavano delle osservazioni, secondo quello che sembrava un gergo simbolico, che parafrasava uno scontro armato. Erano quattro avversari, legati però da un patto che li vincolava all'esecuzione di una serie prevista e regolata di azioni. Dante osservava quegli uomini, assorti nel loro compito. E pensava di quanto quel gioco fosse allegoria della vita umana, con i suoi scontri, le sue astuzie e le sue sopraffazioni, gli imprevedibili interventi della sorte. E pensava allo strano piacere che quelli sembravano trarre da quella simulazione di vita, quasi fossero dei commedianti nella parte di re.

«Solo un popolo che non creda nel destino può aver creato questo gioco» disse a un certo punto Guido, rivolgendosi a Dante. In piedi dall'altra parte del tavolo aveva assistito fino a quel momento in silenzio allo svolgersi dell'azione.

«Perché?»

«Perché se i passi della nostra vita giacessero già percorsi nella mente di qualche dio, amico, che senso avrebbe affrontare un conflitto la cui sorte sia già decisa? No, solo l'ateo può conoscere la vera ebbrezza del gioco.»

«No, amico, tu erri. Qualunque gioco necessita di un insieme finito di regole, al cui interno dipanare la propria vicenda. E quindi abbisogna di una mente superiore, che ne disegni i confini. Un gioco totalmente imprevedibile non sarebbe più un gioco, ma un atto di creazione.»

«È che tu Dante vuoi il dolce e rassicurante conforto di un padre, e trascuri l'incerto ma più caldo amore dei fratelli.»

«È che tu Guido vuoi essere Dio!»

Tutti scoppiarono a ridere all'uscita accesa di Dante, che subito arrossì, rimproverandosi per aver perso la misura, violando così il patto stretto da tanti anni tra i Fedeli: mai lasciar irrompere nei loro ragionamenti la passione teologica, la peste delle menti, come la chiamava Guido.

«Ma parlaci dunque delle tue indagini, visto che da giorni sembri pensare con ossessione solo al dramma di Vana del Moggio» disse Guido cambiando improvvisamente discorso, ma rivolgendosi verso tutti i presenti. Anche l'attenzione degli altri si era concentrata su Dante. «E dicci cosa pensi del delitto.»

«Un delitto, anche se atroce come quello che ha offeso Vana, è parte principe del possibile agire che Dio non vuole. Nel delitto contro la creatura prediletta del Signore si riassume l'essenza stessa del peccato. E se, come dice il Filosofo, in tre modi si viola il comandamento morale, così parimenti in tre modi si uccide: per incontinenza, per malizia o per la matta bestialità. Basterebbe quindi a trovare il colpevole se sapessi capire per quale delle tre forme egli abbia agito: perché come il razionale è proprio dell'uomo e scaturisce dalla sua più profonda natura, così la violazione della razionalità, che è il delitto, rispecchia proprio quella razionalità violata in ogni sua fibra.»

«E a quale delle tre forme di insulto a Dio ti sembra si possa ricondurre questo delitto?» chiese Lapo Gianni, grattandosi l'orecchio con fare meditabondo.

Dante tacque per un istante, poi: «È questo che ancora mi sconcerta. Vana è stata uccisa dall'incontinenza, dall'eccesso d'amore di un uomo che è giunto a possederla agonizzante, se non già morta. Ed è stata uccisa dalla bestialità, di chi non contento della morte ha poi infuriato sulle sue spoglie in modo osceno, per trasformarla in un'orrenda allegoria».

Dante si interruppe di nuovo. E guardava gli altri. «Ed è stata uccisa dalla malizia di uno di voi. Che l'ha attirata in questa casa, e l'ha ingannata conducendola a morte.»

A queste parole tutti si alzarono di scatto, mentre Dante arretrava continuando, però, fermamente a parlare: «Ed uno di voi pagherà per questo delitto!».

Gli altri, una volta in piedi, sembravano aver esaurito la loro carica, e si guardavano l'un l'altro indecisi, con una gamma di espressioni che andavano dallo stupore all'indignazione, al divertimento beffardo. Filippo Argenti sembrava quello più deciso a menare le mani, ma venne fermato da un gesto imperioso di Guido. «Quello di cui accusi i presenti è grave. E solo la stima che noi tutti ti portiamo» disse mentre continuava a fermare con lo sguardo Filippo Argenti «ci obbliga a interpretare le tue parole non come l'arrogante offesa di un folle, ma come l'improvvida conseguenza di una mal diretta sete di giustizia. Ma se dici di non conoscere i motivi dell'omicidio, che speranze hai di trovare il suo autore, posto anche che fosse uno di quelli che rallegrano la mia sera?»

«La mia sola speranza è che il delitto stesso mi parli.»

«E come?»

«Risuonandomi nella mente con la sua voce fatta di azioni. Un delitto è come una delle tue canzoni, Guido, o delle vostre. E come le vostre canzoni esso può esser letto nei suoi quattro significati essenziali. Che sono il senso letterale, quello allegorico, quello morale e quello anagogico, o sovrasenso.»

«Che la parola del poeta possa vivere di molteplici significati è convinzione antica, e già sappiamo come il grande Virgilio abbia per figure annunciato nella sua ecloga la venuta del Cristo Salvatore. Ma la lingua di un assassino come potrebbe articolarsi così sottilmente? Tu stesso hai detto che il delitto è figlio della corruzione della mente, non certo della sua esaltazione.»

«Ti sbagli, Guido. Qualunque atto che avvenga nel mondo *sub lunare* è soggetto a questa quadruplice radice del senso. Il primo senso, che è quello letterale, ne è la radice, che tutti gli altri contiene e governa. E la lettera di questo delitto è lo strazio del corpo e la cancellazione del volto. E il suo secondo senso è quello allegorico: perché chi l'ha commesso voleva che gli altri intendessero come la patria nostra è derelitta e decapitata. E nel suo significato morale dobbiamo intendere probabilmente che solo il sangue si addice a simbolo dell'impero. Infine il quarto senso, anagogico. E io lo intendo come una chiara allusione al fatto che solo abbandonando la falsa certezza della mente e rinunciando alla visione ingannevole degli occhi avremo cognizione delle cose ultime.»

Gli altri erano tutti ammutoliti, e cercavano di seguire il ragionamento di Dante, vagliandolo dentro di loro. Lapo fu il primo a rompere il silenzio: «Ma... sei certo che questo sia il significato di quello scempio?».

«Per nulla» rispose Dante sconfortato.«Nell'atto potrebbero nascondersi infiniti altri significati. Io sono certo di un'altra cosa: che l'assassino ha costruito il suo delitto attraverso passi successivi, ciascuno conseguenza dei precedenti e causa dei susseguenti. E che nel suo disegno c'è una forma percepibile e necessaria, che sto cercando.»

«No amico mio, sei tu in errore» disse allora Guido «se pensi che la nostra ragione possa collegare i segni che la natura ci offre in una lingua comprensibile. Noi vediamo come attraverso un velo d'acqua che ci illude. La Verità, prima di rifulgere nelle nostre menti, devia come il raggio che attraversa una fonte. Noi viviamo nell'illusione, e vediamo solo quelle ombre di cui il saggio Platone si dice abbia popolato la sua caverna.»

«Ma se così fosse, Guido, allora il nostro Creatore ci avrebbe ingannato! Egli ci nasconde certo le segrete cose, ma per quelle concesse la Natura ci parla con lingua chiara e certa. Perché, seppure nell'umana limitatezza, desidera che gli uomini intendano almeno l'eco del suo volere, e si conformino al bene. E quindi nulla dell'agire umano, così estraneo per definizione alla sfera del divino, è perciò sottratto al nostro scibile. Come questo crimine, che mi sfugge come una ninfa dei boschi, ma di cui prima o poi afferrerò i crini.»

«Ti sbagli» ripeté l'altro con tono aspro «perché il tuo creatore non vuole affatto esser compreso. È la nostra mente, per quella breve finestra che la vita ci concede, a ordinare i frammenti di senso che strappiamo con lungo studio alle cose, e a dar loro forma. In questa tua indagine Dante, non ti stai avvicinando alla verità: stai solo dando corpo alle tue ombre. E te ne convincerai anche tu, prima o poi. Le cose fanno schermo ad altre cose, e queste ad altre ancora, perché le ultime restino inconoscibili. Come tu stesso scrivesti nella tua *Vita Nuova*: che fingesti amore per una donna, che facesse schermo al tuo amore vero. E non furono i Fiorentini convinti che lo schermo fosse davvero l'oggetto del tuo desiderio? E non fu la stessa donna dello schermo lusingata da quella che credeva la tua passione?»

Dante, infastidito dal fatto che i suoi scritti venissero usati per argomentare contro di lui, stava cominciando a elencare una serie di obiezioni convincenti per rintuzzare quella perorazione beffarda, quando fu interrotto da maestro Martino.

Il vecchio fino a quel momento aveva assistito alla scena senza prendervi parte, come divertito dallo scontro degli ingegni che gli si rappresentava davanti. «C'è del vero, messer Durante, in quello che Guido vi ha detto.»

Martino lo guardava con espressione distante, come stesse in realtà seguendo un proprio ordine di pensiero. «Considerate il gioco cui avete assistito, e che a me è parso opera di grande sapienza. In esso ognuno dei personaggi disegnati sulla carta interpreta esattamente se stesso, nei limiti impostigli dalla sua natura: per cui ogni re domina i suoi fanti, e ogni regina ottiene omaggio dai cavalieri, e così è sempre, per quante tornate del gioco si svolgano. Ma nel nostro mondo che si estende sotto il cielo della luna i rapporti tra gli uomini sono ben diversi. Niente è veramente ciò che appare, nemmeno la sostanza stessa delle cose. Se i nostri occhi avessero la potenza visiva necessaria, vedremmo il pulviscolo atomico che rotea frenetico sotto l'apparenza della forma percepita. Noi non siamo uomini, come voi sembrate fermamente pensare, ma impasti di polvere e di luce. No, messer Durante, nulla è veramente quello che sembra. Ed è per questo che la vostra inchiesta guidata dalla ragione, o dovrei dire anima intellettiva, come voi la chiamate, non approderà alla sua meta.»

Dante aveva alzato una mano, come a fermare quelle parole. Riconosceva in quelle tesi le idee nefaste dei seguaci di Epicuro, che eleggono la materia a tempio della vita, e spengono l'anima con la morte del corpo. Nell'inferno doveva esserci un'intera città riservata a tutti quelli che nei secoli erano sprofondati nell'abisso della cecità, e della solitudine, e della devastazione morale, cercando di immaginare un mondo disertato dagli dei. E sapeva che tra quelli anche molti dei suoi amici si nascondevano.

Proseguirono così a lungo, battagliando tra loro con ogni arma che l'acutezza degli ingegni metteva a disposizione. Dante teneva testa a tutti gli altri, trascinato dalla foga del ragionamento. Ma anche nell'eccitazione si rendeva conto di come il senso di quella riunione continuasse a sfuggirgli, e di come fosse facile per gli altri eludere ogni domanda diretta a sapere.

Uniti rappresentavano un fronte invincibile. Doveva cercare di affrontarli a uno a uno. Perché nell'uomo solo anche la corazza del male è più fragile. Quando la coscienza inquieta urla e non c'è un coro di voci a sopraffarla.

Poi a notte fonda il convito si sciolse, con i partecipanti che si separavano sulla soglia rendendo un ultimo saluto a Guido. Dante, dopo una breve frase di commiato rivolta agli altri, s'era messo alle calcagna di maestro Martino, deciso a seguirne i passi. Durante l'incontro appena terminato, mentre conduceva la sua schermaglia verbale con Guido, Dante aveva formulato il piano delle sue prossime mosse, che prevedeva di mettere finalmente sotto torchio Martino. Era il momento di chiedergli ragione del disegno dell'arma terribile che quasi lo uccideva, ritrovato tra le sue carte, e poi di costringerlo a rivelare il senso degli altri scritti e disegni. E poi, a seconda di quello che l'altro avrebbe risposto, metterlo bruscamente di fronte ai suoi sospetti intorno alla sua possibile vera identità. Il vecchio stavolta non se la sarebbe cavata con una delle sue frasi forbite. S'andava preparando in testa un attacco verbale efficace. Magari l'avrebbe interpellato in lingua di Francia. Oppure l'avrebbe messo di colpo davanti a tutti gli indizi contro di lui, cercando finalmente di far breccia nell'insopportabile freddezza di quello.

Martino aveva preso ad allontanarsi preceduto da un servitore in abiti succinti, un negro altissimo dalla pelle color ebano, che era apparso all'improvviso nelle tenebre appena attenuate dal riflesso delle due torce infisse all'architrave, come per una di quelle magie di cui sono colmi i racconti d'Oriente. Sembrava che fosse rimasto fino a quel momento nascosto in attesa del suo padrone, che adesso precedeva a passo svelto, come se lo stesse guidando verso una meta a lui solo nota.

Dante arrancava a fatica dietro le lunghe falcate degli altri, che s'erano avviati spediti nelle tenebre appena rischiarate da un barlume di luna. I due piegavano senza esitazione ora a destra ora a manca negli stretti vicoli, come se il negro alla guida disponesse di una perfetta mappa mentale della città, oppure seguisse una sua traccia misteriosa, come un segugio sull'usta della sua preda.

Maestro Martino aveva inizialmente ignorato la presenza di Dante alle sue spalle ma poi, avvedendosi che l'altro non desisteva, aveva leggermente rallentato il passo, lasciandosi raggiungere

«Sembra, messer Durante, che si percorrano le stesse vie. E dunque avvaletevi anche voi della mia guida» disse, accennando all'uomo, di cui appariva visibile solo il bianco della cornea. L'uomo s'era voltato verso di loro, come ad assicurarsi di essere sempre seguito, e un raggio di luna gli aveva illuminato per un attimo il volto. Dante trasalì: gli occhi dell'uomo sembravano privi di pupille, come se l'accesso alla sua anima fosse stato chiuso da un capriccio della natura. Martino pareva aver colto lo stupore inorridito del suo compagno: «Sì, messer Durante, è cieco. E non per accidente di natura. Fu catturato nelle sue terre dai mercanti di schiavi, e accecato di proposito per farne un corridore delle tenebre».

«Un corridore delle tenebre?»

«Sì, un essere capace di muoversi nell'oscurità come gli altri nella luce, grazie a quell'acuirsi dei sensi residui con cui la natura compensa la perdita della capacità principe della visione.»

«Ma è terribile!» Non era certo la prima volta che Dante vedeva un accecato. Anche leggi del Comune prevedevano, come punizione per alcuni reati immondi, la perdita della luce degli occhi. Ma una vulnerazione così terribile inferta non dalla maestà della giustizia, e nemmeno da una mano avvelenata dall'ira e dalla vendetta, ma dalla fredda utilità gli faceva orrore. Ma l'altro sembrava indifferente alle orrende implicazioni di quanto aveva raccontato.

«No, messer Durante, è solo logico. E ciò che è logico è anche necessario. Se Dio ha concepito le tenebre per fermare la nostra azione, e imporre una pausa nel nostro agire, allora perché il nostro uso di fiaccole e luci per contrastare questo disegno e impadronirci della notte, che l'ordine di natura vorrebbe sottrarci? Quello adottato dagli infedeli è solo un altro modo rispetto al nostro. Il nubiano che vedete non gode affatto di una vita più povera della nostra: quello che gli fu sottratto come luci e colori gli viene reso sotto forma di odori e suoni, e vibrazioni impercettibili al nostro tatto. Un intero universo a noi negato si schiude ai suoi sensi diversi.»

Dante esitava a rispondere, per nulla convinto dagli argomenti dell'altro. Taceva, e pensava invece se le capacità straordinarie di quel singolare selvaggio fossero state per caso usate nella notte dell'assassinio di Vana.

«Sembra che negli ultimi giorni non sia la prima volta che violate il coprifuoco, vero, maestro Martino?» disse allora, tanto per rompere il silenzio, e preparare il terreno alle prossime domande.

«Vero. Ma non fatevi un'immagine di me peggiore di quel che meritino i miei atti» aveva subito risposto l'altro, con un rapido lampo di malizia negli occhi. «In tempi più giusti non fui sempre così. Quando vissi nell'ombra della corona del grande Federico, la mia anima era tutta tesa al bene e alla giustizia sulla terra, e per lui redassi buona parte delle *Costituzioni*, e cercai che a ciascuno fosse dato il suo.»

«Le *Costituzioni*? Ma fu...» esclamò Dante sorpreso, immergendosi in un rapido calcolo. L'altro gli tese la mano verso la bocca, quasi a spegnere il suo stupore: «Sì, fu molto tempo fa».

«Ma allora avreste quasi...»

«Nacqui nello stesso anno del nostro grande imperatore. E gli fui umile compagno per tutta la sua vita. E servii il figlio suo Manfredi, e restai suddito fedele del piccolo Corradino.» Un velo di tristezza gli era sceso sugli occhi. «Che non potei strappare alla lama traditrice del boia, e il modo ancor m'offende»

«Ma allora avreste... oltre cento anni!» disse Dante, con la voce strozzata in un balbettio stupito.

«Oltre cento dei nostri anni, sì. Ma in Oriente esistono erbe che trasformano la misura del tempo. L'oppio, che dilata l'ora e ne fa lo spazio di una intera vita. E altre che abbreviano un anno alla misura di un sospiro.»

S'era fermato per un attimo volgendosi verso il priore, mentre anche lo schiavo s'era immobilizzato, come se fosse in grado di percepire non solo i movimenti nelle tenebre, ma anche la loro semplice variazione. A Dante parve di cogliere un guizzo di simpatia nel suo sguardo.

«Se i tempi fossero diversi, messer Durante, vi rivelerei cose straordinarie.»

Tacque per un istante e guardava nella poca luce verso Dante, come valutando se proseguire. Poi: «Vi narrerei della torre che Federico eresse nel deserto di Puglia, perché fosse rifugio di sapienti. E laboratorio di scienza delle cose luminose, e sepolcro di ciò che non deve essere trovato».

«La scienza degli infedeli, per cui l'imperatore venne scomunicato?»

«Il sapere che viene dall'Oriente, sì, e di cui forse mai avremmo dovuto giovarci.»

«Cosa avete trovato dunque in Oriente?»

«Deserti e ricchezze immense e grandi città: e poi il modo terribile di distruggere tutto questo. Un giorno tutti le conoscerete, ma oggi è troppo presto per la nostra pochezza.»

Dante rallentava il passo, disorientato, mentre quello si allontanava nelle tenebre del viottolo, sempre seguendo la sagoma oscura della sua guida. Gli sembrava di essere come il viandante che procede nelle tenebre recando dietro di sé una lampada splendente, che non rischiara il suo cammino tortuoso ma aiuta quelli che lo seguiranno. Rimase improvvisamente solo, a rimproverarsi la debolezza di averlo lasciato andare senza pretendere una spiegazione più netta, che facesse giustizia di quelle allusioni. Non poteva essere vero, quello che il vecchio aveva raccontato. Pensò invece nuovamente alla possibilità che quello camuffasse la propria età per farsi beffe di lui, e per essere libero di perseguire il suo disegno, qualunque esso fosse.

O che avesse invece davvero sottoscritto anche lui quel patto che le streghe stringono con il Demonio, restare giovani in cambio di sangue umano, e che davvero la misera testa di Vana fosse stata la terribile offerta abbandonata sull'ara delle tenebre? Solo allora si ricordò del disegno della freccia, e di come si fosse ripromesso di chiederne ragione al vecchio. Ma quei due erano ormai svaniti.

23

23 luglio, prime ore della mattina, convento di San Piero

Dante sedeva al suo scrittoio. Era tornato alla Prioria direttamente dalla casa di Guido, senza neppure cercare quel sonno che, dopo l'aspro scontro mentale e le emozioni della notte, gli sarebbe stato benedetto ma impossibile. Si teneva la testa stretta tra le mani, come ad afferrare il flusso di pensieri sfuggenti: quasi gli sembrava di sentire il rumore d'onda delle frasi e dei discorsi che per tutta la notte si erano rincorsi nel suo cervello, e cercava aiuto nel silenzio profondo della sua cella, che gli fornisse qualche illuminazione. Fu allora che, vinto dalla stanchezza, cadde in una sorta di dormiveglia attraversato da ombre.

Gli parve che le pareti della stanza fossero improvvisamente scomparse, e che intorno a lui si stendesse una pianura sconfinata, immersa in una nebbia leggera, sporca. Il paesaggio appariva spoglio e inaridito, a tratti reso ancora più aspro da irti cespugli di rovi, grigiastri come tutto il visibile. Ogni colore sembrava disparso da quella terra. Si muoveva in quel paesaggio con il passo silenzioso e invisibile dei morti. Le rade forme intorno apparivano all'improvviso, quasi uscendo dalla nebbia come parole da una bocca sommersa, che le pronunciasse silenziosamente in un rito segreto. Continuava a camminare, in un moto lineare, senza una meta, senso uno scopo, senza alcuna emozione che gli percuotesse l'anima. Confusamente, davanti a lui, aveva cominciato a prendere forma quello che sembrava un corpo umano, nell'incertezza dei suoi confini visibili. L'essere lo precedeva camminando nella sua stessa direzione, con un passo appena meno veloce. Lentamente Dante colmava la distanza con l'altro, e a mano a mano che la distanza si riduceva cominciava a riconoscere la sagoma di una donna, dalla foggia delle vesti che si facevano più distinte e più ancora per qualcosa di dolce e sinuoso nel moto dei suoi fianchi, mentre incedeva. Dante notava questi particolari sempre nel vuoto di qualsiasi sentimento, come se il suo corpo fosse troppo stanco per provare alcuna emozione di fronte a quell'unica presenza nel deserto.

Lo spazio tra loro s'era ormai ridotto a pochi passi, e poi s'era annullato. Dante procedeva ora affiancato al corpo dell'altra, senza guardarlo. Il suo volto continuava a orientarsi fisso verso il nulla di fronte, e solo la sua mente sapeva di avere una compagna al suo fianco, che gli occhi si rifiutavano di guardare, e poi improvvisamente sapeva che la sua compagna di cammino era Vana del Moggio, e la sua testa terribile riluceva accanto a lui, e procedevano affiancati nella terra dei morti.

Aveva gli occhi pieni di lacrime, ciechi e aperti, quando quel silenzio maledetto fu spezzato dalla voce dell'annuncio che il cardinale d'Acquasparta chiedeva udienza.

Dante sollevò a pena la testa, perso nel doloroso sforzo di tornare alla realtà, mentre faceva cenno che quello fosse ammesso. E neppure tentò di imitare un inchino quando l'altro fu entrato. Il cardinale non sembrò rilevare il gesto di scortesia: sembrava piuttosto interessato all'aspetto teso e trascurato di Dante, che portava ben vivi addosso i segni di una notte insonne e forse peggio, per quanto il prelato fosse invece liscio e ben rasato. Atteggiava il volto a una decisa disapprovazione, quel ruffiano, pensò Dante.

«Sembra messer Alighieri che vi abbia colto in un frangente poco propizio» e, prima che potesse dire alcunché «ma del resto il mio ufficio di rappresentante del Santo Padre mi impone a volte di dover oltrepassare i limiti della costumanza. Perché il servizio del bene a tutto deve anteporsi, anche al rischio di riuscire sgraditi a uomini che si stimano e di cui si vorrebbe invece l'amore e il filiale rispetto.» Il suo sguardo sornione continuava a esplorare minutamente il corpo di Dante, che poco si sentiva in quel momento nei panni di figlio devoto e amato di Santa Romana Chiesa.

«Non badate al momento. La ricerca della verità consuma le mie forze, e ancora senza costrutto. Ma ditemi dei vostri desideri, vista l'ora insolita per le udienze.»

«Vengo a rendervi nota per primo una notizia che nell'arco della giornata diverrà di pubblico dominio nella città. Notizia che ci è giunta per corriere da Roma nel cuore della notte e che è bene la Prioria conosca da subito. Per trarne le opportune conseguenze e i necessari divisamenti.»

«Vi ascolto» disse Dante, attento.

La voce del cardinale assunse un tono ieratico, che trasfigurava quell'omone pomposo in un coturnato attore della tragedia antica: «Sua Santità papa Bonifacio ci comunica per tramite della sua segreteria che deve ritenersi rinviata e sospesa la Sua venuta nell'amata città di Fiorenza. Essa avverrà più tardi nell'anno, forse, quando le incombenze legate alla liturgia del Santo Giubileo si saranno scaricate dalle sue spalle».

Dante non sembrò reagire immediatamente, come se non sapesse valutare a pieno il peso da assegnare a quella notizia. E infatti stava tentando freneticamente di valutare tutte le implicazioni di quella cancellazione, e del perché il cardinale avesse ritenuto che proprio lui dovesse essere il primo a esserne informato. Se c'era un messaggio nascosto in quelle parole apparentemente neutre, il suo senso gli ruotava attorno evanescente, rifuggendo dalla comprensione: «Spero che questa decisione non nasca dalla salute fisica di Sua Santità» azzardò, soprattutto per prendere tempo.

Il cardinale lo guardò con aria di sufficienza, come se trovasse questa osservazione indegna dell'acume del suo interlocutore: «E pensate che la fragilità del corpo sia bastevole a distogliere Bonifacio da un suo proposito?». Dante notò che per la prima volta il cardinale aveva pronunciato il nome del papa senza premettergli i titoli liturgici, come se per un attimo avesse dismesso i panni cerimoniali per far trasparire il suo reale pensiero.

Un lampo di verità aveva brillato per un istante in quel tono risentito, subito spento. «No. Sua Santità è nauseato delle lotte e dei contrasti che lacerano la sua amata città, e della ridda delle fazioni che la insanguinano. Non potendo sedarle, neppure con la Sua augusta parola, avrebbe solo corso il rischio di prestarsi involontariamente a favorire questo invece di quello tra i suoi sudditi. No, il Suo trono in Santa Croce rimarrà vuoto.»

Dante ripensò alla splendida cattedra che aveva rivisto durante le esequie di Vana. E sembrava che misteriosamente la sua mente fosse stata letta dal cardinale, perché questi aggiunse: «Non è stato lo strazio di Vana del Moggio, di cui Sua Santità è stato messo al corrente, che ha fatto inclinare il suo proposito, se è quello che state pensando».

«Dite?»

«Dico che se quello che ha organizzato quella macabra messinscena voleva incrinare la volontà di Bonifacio costruendo l'immagine di una Firenze precipitata nelle fauci del diavolo per terrorizzare la pia anima di quel sant'uomo, non ha ottenuto il suo scopo, almeno non definitivamente. No, la discesa di Bonifacio in Firenze è solo rinviata, e per motivi ben più importanti che non il sacrificio di quella sventurata.» Il cardinale fissava Dante negli occhi: «Egli si appresta invece a schiacciare per sempre i suoi avversari. Palesi» e continuava a fissare Dante «e occulti».

«Cosa intendete?»

«Intendo quello che già vi dissi. Che dietro quella macchinazione diabolica traspare l'ombra dell'antico e del nuovo nemico della Chiesa: l'orrenda schiatta dei sodali di Federico imperatore, che Lucifero lo sbrani, e dei suoi complici nascosti nelle paludi di San Marco. E forse anche di qualcuno che si cela dietro gli onesti panni guelfi, per invece preparare in occulto la discesa di Satana. Qualcuno che ci vuole fuori di Firenze, la nostra città diletta...»

Dante aveva provato un brivido, a sentire come l'altro avesse pronunciato quel *nostra*. Così gli troncò la parola, acido: «Non esprimetevi in enigma. Nel nostro primo colloquio mi avete messo in guardia contro Martino da Vinegia, e ora chiamate altri in causa. Ditemi di chi sospettate».

«Di voi, messer Durante.»

«Di me?» Dante aveva recuperato in un istante tutta la sua lucidità, e aspettava che l'altro continuasse, teso come una lince. In fondo aveva sempre atteso lo scontro, e il suo amor proprio era sottilmente lusingato da quell'accusa.

«Di voi» continuò l'altro «ed è più di un sospetto. Sappiamo tutto di voi, da anni. I vostri scritti sconci e allusivi, le vostre simpatie per gli imperiali mentre vi atteggiate a sincero seguace di parte guelfa, la vostra nota amicizia e frequentazione del blasfemo eretico Guido Cavalcanti, i vostri contatti con gli averroisti di Francia, nonostante l'anatema della Chiesa, la vostra condotta domestica e i continui insulti arrecati alla persona di vostra moglie Gemma, i vostri debiti accesi con i peggiori usurai di Firenze, il vostro amore per la dissipazione e le bettole, fino a impennacchiarvi e a girar cantando di notte per i vicoli della città. Vi siete iscritto all'Arte degli Speziali al solo scopo di potervi ingerire nel governo del Comune, e già si parla dei vostri traffici con le pubbliche cariche, nel miserabile tentativo di raddrizzare la vostra disastrosa situazione finanziaria.»

Il cardinale parlava a bassa voce e sorridendo, come se stesse narrando una facezia cui non fosse da prestar credito. «E poi il vostro desiderio carnale per la persona di monna Vana, da voi addirittura cantato in versi espliciti e soprattutto i modi del delitto, che bene si sposano con una fantasia sovraeccitata e morbosa come la vostra. Non crediate che sia sfuggita alla nostra attenzione quella vostra *Vita Nuova*, ove date a mangiare alla vostra donna il vostro cuore, e sotto l'inganno del sogno vi abbandonate ai vostri desideri malati di lussuria e di morte. Inchiodare quella donna che vi aveva respinto alle ali dell'aquila che popola i vostri sogni di ghibellino nascosto, sì, è una veste di folle che bene vi si attaglia. Certo foste abile a sollevare il sospetto sul cantore, e poi anche sugli altri della brigata, ma l'occhio della Chiesa è acuto, e non si lascia velare dalle vostre giocolerie di poeta.»

Si era fermato, e guardava il volto dell'altro, come a valutare l'effetto delle sue parole. Poi riprese, con un sibilo rabbioso nella voce: «Ma la fortuna è oggi dalla vostra parte. Se le condizioni dell'ora fossero diverse io chiederei la vostra inquisizione per assassinio: vi fa salvo solo la superiore esigenza di non gettare nello scandalo il governo del Comune di una città amica, in un momento così difficile».

Dante non aveva pronunciato una parola per interromperlo, né un gesto. Così l'altro continuò: «Ma, come vi dissi, altro era lo scopo della mia visita. E ora che vi ho comunicato ufficialmente la cancellazione della santa venuta, provveda il Comune per tramite vostro e degli altri priori ad affrontare il problema delle beghe intestine, e siate decisi e rapidi, perché la pazienza di Bonifacio è di corta misura».

Fece per alzarsi e uscire, senza accennare a un segno di saluto. Poi sulla porta sembrò ricordarsi qualcosa che avesse tralasciato, e si volse: «Ma non illudetevi, quanto a voi. La memoria della Chiesa è lunga, quasi quanto la sua pazienza. La nostra misura non è la vita dell'uomo, ma transita nei secoli perché nelle sue vele spira il soffio dello Spirito. Le vostre vele, messer Durante, sono invece stanche e corrotte, e a poco serviranno le vostre furbizie retoriche, per raddrizzarle. Gli uomini come voi sono il simbolo di quella riottosa arroganza intellettuale che pretende di sottrarsi al dominio della fede, per consegnarsi nella mani della vostra fievole umana ragione. Noi cancelleremo la vostra peste. E cominceremo da qui».

Dante era rimasto immobile, mentre l'altro usciva. Solo dopo che il cardinale si fu allontanato, gli venne in mente che forse avrebbe potuto gettarglisi addosso e colpirlo con un colpo di daga. Se gli avesse tagliato la gola con un colpo secco forse non ci sarebbe stato troppo rumore, a parte quell'orrendo gorgoglio di fiato e sangue, come talvolta aveva visto nello scannatoio della città. O invece scavargli nella trippa con la lama e bucargli il cuore come una scarpa vecchia.

Ma poi quel corpaccio sarebbe rimasto a insanguinare la sua cella. Avrebbe potuto nasconderlo in uno dei cassoni e portarlo via un pezzo alla volta, dopo averlo frantumato con l'azza di ferro. O gettare i resti ai cani direttamente dalla finestra, con il rischio però che qualcuno di quelli più grossi potesse essere riconosciuto da qualche viandante.

Continuò a ucciderlo ancora per tutta l'ora seguente, in modi diversi e meravigliosi.

24

23 luglio, primo pomeriggio, alla porta di Pisa

«Tutto quello che era possibile è stato fatto. Ho eseguito il mio compito secondo giustizia e secondo sapienza. Da questo momento sarebbe ormai inutile e pericolosa la mia presenza in Firenze. E non so per quanto sia ancora possibile contare sulla cecità degli uomini, che finora mi ha protetto.»

«È bene che partiate subito per Venezia, messer Martino. Dovete essere fuori del territorio del Comune prima dell'alba, a Pisa, dove vi aspetta una galera della Repubblica. Una volta a bordo sarete definitivamente in salvo. Il capitano è un Fedele, e comunque non consegnerebbe mai un compatriota agli stranieri» disse Guido Cavalcanti a bassa voce, mentre aspettava che le guardie di gabella esaminassero il poco bagaglio del vecchio.

«Badate a voi stesso, messer Guido. Voi siete solo, adesso, in mezzo ai lupi, e resta sulle vostre spalle tutto il peso dei nostri sogni. E avete già visto all'opera la loro potenza infernale.» Poi, osservando fissamente gli occhi dell'altro, aggiunse: «E continuate a usare la scorza di china che vi ho portato da Venezia. Non può vincere il male che vi divora, ma può ritardare i suoi esiti. Addio, amico mio».

«Addio. E che l'anima di Federico vegli su di voi, ovunque essa si trovi.»

Si strinsero tra le braccia, piangendo. Guido rimase ad attendere davanti alla porta che la figura dell'altro scomparisse in lontananza, verso la salvezza. Poi si rimise in cammino alla volta della propria casa, passando rasente i muri, cercando di scivolare sulle pietre come un'ombra. Sembrò tranquillizzarsi solo quando si ritrovò nel cortile del vecchio palazzo, ed ebbe salita la rampa che portava alle sue stanze. Sulle scale aveva dovuto fermarsi, sorreggersi per più di un minuto alla balaustra, madido di sudore. Gli parve che il cuore fosse impazzito nel petto, e che la vita stesse per abbandonarlo, nella lotta furiosa di tutti i suoi spiriti tra loro. Poi l'attacco era cessato, ed era riuscito a raggiungere la sua stanza da letto, dove si gettò disteso tra i mucchi di carte che l'ingombravano.

Quando ebbe recuperato un poco delle sue forze, tornò al tavolo da lavoro. Estrasse dalla cassa la macchina di messer Martino, e ne azionò il funzionamento. Guardava immobile le sferette di bronzo che scendevano ruotando verso il basso, come affascinato da quel movimento a spirale.

Restò così per il resto del giorno. Sembrava verificare ossessivamente il funzionamento del congegno. Se qualcuno avesse potuto vederlo, avrebbe pensato che il nobile Guido Cavalcanti fosse impazzito, vittima di un delirio meccanico.

Dante fu informato quasi subito che maestro Martino era scomparso dalla sua casa, ma solo nel tardo pomeriggio seppe che il vecchio era stato visto alla porta di Pisa allontanarsi da Firenze. Saltò prima su tutte le furie, per l'inettitudine degli uomini del Bargello che avevano consentito la sua fuga, e fu lì per ordinare che un manipolo di guardie a cavallo si gettasse al suo inseguimento. Ma si trattenne dal farlo, e per il vantaggio incolmabile che quello aveva ormai accumulato, e soprattutto per l'incertezza totale su tutta la vicenda in cui si dibatteva.

Se avesse dato ordine di arrestarlo, e fosse riuscito a farlo tradurre in ceppi a Firenze, di cosa avrebbe poi potuto accusarlo? E come avrebbe giustificato al Consiglio quella violenza nei confronti di uno straniero tanto importante?

Sentiva la testa bruciargli, attraversata dalle schegge di immagini che turbinavano nella sua mente senza accennare a ricomporsi in alcuna forma riconoscibile. Sapeva di essere in possesso di tutti gli elementi necessari del disegno originario, anche se questi, anziché disporsi secondo un ordinato sentiero di causalità, saltellavano come cavallette impazzite tra i diversi piani dell'intelletto senza decidersi a parlargli con voce comprensibile. Come il favoloso Nembrot, circondato dalle orribili e diverse favelle che l'ardire della torre babilonese aveva scatenato, impazziva sotto il cumulo dei segni che la sua anima non sapeva riconoscere.

Perché quel delitto, che sembrava non aver senso? Perché l'insulto a quel corpo, che non trovava spiegazione? Nella memoria gli vorticavano i fatti e le parole di cui era stato testimone. Era come se dentro di lui persone diverse fossero ciascuna in possesso di una parte della verità, ma non riuscissero a mettersi in comunicazione per scambiarsi i propri saperi. E infatti che cosa aveva scritto il Filosofo, sulla tripartizione dell'anima? Ancora una volta Dante chinò il capo davanti alla grandezza di quel greco. L'anima vegetativa, che governa in noi la macchina della vita, l'anima sensitiva che percepisce e impara. L'anima intellettiva che è scintilla di Dio e ci guida nella conoscenza del mondo e nel cammino verso il bene.

E come aveva detto Martino? Lume v'è dato a bene e a malizia. Certo, solo l'anima intellettiva può ordinare la trama di un delitto: un bruto può uccidere, come una valanga di pietre che schiacci le membra o un fulmine che le bruci. Ma è l'intelletto che costruisce il crimine e poi ne maschera le forme. Solo l'intelletto può simulare. E se Dio ha concesso all'uomo una scintilla della sua luce, allora che supremo ingannatore sarà Lui stesso, che all'ennesima potenza ne gode!

Forse aveva davvero ragione Guido: siamo maschere davanti alla maschera di Dio.

Quindi non il riso, ma la finzione è il proprio dell'uomo. Il nostro intelletto non svela ciò che non appare, il non parvente, ma al contrario nasconde ciò che la natura porrebbe in evidenza. È forse il nostro modo di ribellarci ai nostri limiti? Tagliati fuori dalla creazione, ci vendichiamo alterando e corrompendo l'ordine di ciò che è? Ingannare è forse ricapitolare la volontà di Dio?

Si sentiva nella bocca il sapore acre della bile, fuggita dal luogo designato da natura nel fegato, che circolava per il corpo avvelenandolo e accendendo le sue viscere con lampi di dolore fiammeggiante, come se nelle budella si fossero scatenati una muta di cani in lotta furiosa tra loro. Anche il ronzio agli orecchi era tornato, e gli pareva di scottare per la febbre. Quel maledetto d'Acquasparta. Quel tronfio spaventapasseri.

Quel verme aveva voluto confonderlo. Aveva sparso la sua bava per tutta la stanza, cercando di accreditare il fatto che Vana non fosse stata uccisa per amore, ma come macabro avvertimento al papa perché non venisse in Firenze. E l'improntitudine di accusare lui, Dante Alighieri, poeta, di quel delitto sconcio.

Ma se quelle parole avessero nascosto almeno una parte di verità?

Se, come la Natura, anche la mente dell'uomo non seguisse sempre e necessariamente la via più breve per raggiungere i suoi scopi, ma ricorresse anch'essa a oscure allegorie? Se fosse proprio la mente criminale con le sue perverse circonvoluzioni quella ad avvicinarsi maggiormente all'impossibile comprensione dei disegni di Dio?

Dante si ritrasse inorridito da quel pensiero: c'erano le fiamme dell'eresia gnostica al termine di quel sentiero nella selva dei pensieri ineguali. C'era l'eclissi della ragione. Eppure quante volte si era domandato se non fosse possibile immaginare un universo non regolato dalle ferree leggi del grande Euclide, un mondo in cui ogni relazione di causa ed effetto non fosse altro che un miraggio dei sensi, un velo sottile disteso sopra la notte di Caos. Fu preso da una vertigine. Non avrebbe potuto, in fondo, essere stato davvero lui a uccidere Vana? Se la sua sola ragione era la misura delle cose, e ogni sua certezza non poteva che fondare sul libro della sua memoria, come poteva esser certo che quello che gli pareva di ricordare fosse veramente ciò che era accaduto?

Ma seguire quell'ipotesi avrebbe significato impazzire. E

forse era quello che voleva l'assassino. No, doveva ritornare a esaminare i dati certi. E finora i pochi elementi sicuri lo avevano spinto sulle tracce amorose della donna. Ma se avesse sbagliato a seguire la pista della passione, e il delitto fosse davvero un grido di rivolta contro il tiranno di Roma, un tentativo di esorcizzarne la presenza con un sacrificio umano? E forse di minarne la volontà con un atto di violenza rivoltogli in effigie, insozzando di sangue lo spazio dove quello si accingeva a imprimere le sue orme. Il vecchio papa era orgoglioso, come avrebbe reagito a un insulto fisico, a uno schiaffo in volto scagliatogli in immagine?

Questo era dunque il pensiero di quel lupo dell'Acquasparta. Ma se davvero qualcuno voleva spaventare Bonifacio e tenerlo lontano da Firenze, perché non avevano ammazzato il cardinale, invece di Vana del Moggio. Perché non appendere quella fiasca di merda all'aquila? Forse perché quel vigliacco viaggiava sempre scortato dai suoi picchieri, e Vana solo in compagnia della propria bellezza? Era questo che l'aveva perduta, allora, la semplice, perfida, vile facilità di ucciderla?

Gli occhi gli si riempirono di lacrime, per il dolore. Non aveva mai pensato a questa possibilità, e certo le parole del cardinale potevano indurre a questa riflessione. Ma la sua mente si ribellava. Esisteva un ordine razionale nell'universo, e anche se la luce di questo principio ordinatore appariva più o meno a seconda della lontananza delle cose da Dio, nel caso della vita degli uomini, le prime tra le creature, esso non poteva che rifulgere in tutto il suo splendore.

E quindi ci doveva essere una regola nei colpi di balestra della fortuna: il destino di ognuno, nel ciclo del grande anno divisato da Pitagora, ripete le forme della sua natura. E la natura di Vana, la sua matrice, era natura d'amore. E quindi Amore, che aveva permeato di sé tutta la vita di Vana, non poteva essere fuggito da lei nell'attimo della sua morte. Perché noi portiamo nel regno dei morti la nostra matrice, e la morte ci appartiene perché è la nostra anima che la determina.

No, le cose dovevano essere più semplici. Vana era morta per amore. Per la ferocia d'amore. Vana era stata uccisa da

Casella. Per rabbia, per delusione, per follia, come dicevano i Fedeli.

Dante sentiva montare di nuovo la tensione alle tempie. Presto sarebbe esploso ancora quel dolore lancinante all'arco dell'occhio, come un ferro rovente che cercasse di penetragli nel cervello attraverso la finestra dell'anima. Doveva liberarsi di quell'inchiesta. In Comune i seguaci dei Neri volevano schiacciarlo. Era stato Casella, e basta. E che tutta quella storia finisse.

Oppure.

Se fosse stato un altro. Un uomo che avesse nutrito per Vana gli stessi sentimenti straziati. Un uomo che fosse insieme specchio e ombra di Casella. Che sorgesse nelle notti di Vana del Moggio come una luna, al tramontare del sole di quello. Che entrasse nel suo letto ancora tiepido, ma non con la beffarda perfidia del ladro, piuttosto con tutto il rancore di un rivale condannato a riempire il tempo vuoto.

Cosa aveva detto Giotto? Le parole del pittore gli riaffioravano adesso nella mente come zolfo infiammato dalla bocca di un vulcano. Che Vana aveva una seconda vita nelle notti, abitate da una lascivia colpevole. E Giotto sembrava saperlo bene. E l'aveva ritratta, contro il volere di Casella. Davvero aveva eseguito quel ritratto meraviglioso a memoria, o non era invece lui l'uomo misterioso che visitava la donna come un ladro di notte?

Non sapeva nulla.

Ma non poteva essere questo il solo senso delle cose. Una voce gli urlava dentro che doveva esserci un'altra spiegazione degli eventi. Forse già gli era stato detto tutto dagli altri. Senza sapere perché, sentiva tornare nella mente ossessivi alcuni frammenti di dialogo, e si aggrappava a loro con la forza della remora, che dicono fermi i navigli in alto mare. Smontava e ricomponeva i frammenti del disegno, e tornava a smontarli e ne esplorava le parti e le metteva ordinatamente in mostra, come un rivenditore di stracci che passasse in rassegna la propria merce sul banco del mercato.

Perché Guido aveva alluso alla donna dello schermo? C'era un nascondimento, un falso obiettivo alla base della storia? E la voce del drago delle carte di Martino? E il trono in Santa Croce destinato a restare vuoto, e la Medusa di Bigarelli? E il feltro di Lapo?

Continuava a riflettere, mentre le sue mani sfogliavano senza prestare troppa attenzione le carte trovate in casa di Martino. Si soffermò ancora sul disegno: lo aveva già osservato più volte, ma in fondo senza mai esaminarlo davvero con attenzione. Il mondo della meccanica era un mondo basso e misterioso, lontano dalla chiarezza delle Arti che costituivano il suo regno. Ogni macchina, come tutto ciò che opera nella contingenza, apparteneva al campo di ciò che è estraneo al *logos*, non degno d'interesse per uomini eletti ma solo per chi viva confinato sul piano della vile materia.

Ma se quel disegno era conservato con tanta cura da Martino, forse valeva la pena di cercare di capire che cosa rappresentasse, e se si trattava, come tutto lasciava credere, degli insegnamenti su come produrre un qualche effetto per via di artifici, allora poteva essere necessario svelare quali fossero questi effetti, e se e come si legassero alla vicenda. Perché se è vero che la conoscenza regna divina nel puro campo delle idee e delle forme, è pur vero altrettanto che solo risalendo pazientemente lungo la via dagli effetti alle cause la nostra limitata ragione umana arriva talora a cogliere una scintilla di verità.

Si trattava di un complesso di ruote dentate. Dante aveva già visto altre volte in vita sua un treno di ingranaggi di legno, nei mulini in riva d'Arno, o nei grandi filatoi. Ma qui le ruote sembravano ricavate dalla scultura di sottili lamine di metallo, e tutto l'apparecchio sembrava pensato per esser realizzato in una dimensione ridotta, non più grande del pugno di un bambino. Continuava a seguire lo schema del disegno, seguendo l'azione di ciascuna ruota sulle altre. Ciascun movimento costruiva una parte del risultato finale: e tutto sembrava originato da una lamina di metallo arrotolata a forza, che nell'impeto ordinato da natura di tornare alla sua forma originaria imprimeva un moto circolare alla prima delle ruote, e questa in ordinata successione alle altre.

Un piccolo, meraviglioso schema del Cosmo, secondo l'idea del Filosofo, con tanto di Primo Motore Immobile. Ma come del Cosmo, se non nella mente di Dio, così di quella macchina appariva oscuro lo scopo finale. L'ultima ruota sembrava attivare una forma di percussione, e tutto appariva connesso con la voce del drago, di cui aveva narrato messer Marco Polo.

La Voce del Drago, e il Trono di Pietro. Il trono di Pietro. Il trono ai cui piedi riposava il corpo di una donna senza testa, e una testa senza il suo corpo. Sotto una pietra intrisa di splendore, come se fosse stata predisposta per la vita e non per la morte.

Poi nella sua mente esplose un lampo di luce, a mano a mano che i frammenti dell'arazzo cominciavano a riprendere il posto che avevano avuto nell'ordito dei fatti, prima che la mano dell'assassino avesse provveduto a confonderli. E se Vana non fosse stata uccisa per *souffrance* d'amore, e nemmeno perché complice dell'arroganza papale, ma forse per una terza causa, che il suo spirito accecato dalle apparenze non aveva saputo scorgere prima?

Se fosse stata uccisa *per il suo nome*?

Uscì di corsa dalla sua stanza gridando al corpo di guardia di adunarsi e di seguirlo. Dopo pochi istanti erano in marcia a passo svelto verso Santa Croce.

25

23 luglio, verso la mezzanotte, palazzo Cavalcanti

Dante entrò nella sala grande lentamente, con il suo carico sottobraccio celato in un involto di tela fermato da una cinghia di cuoio. Guido Cavalcanti lo attendeva eretto ai piedi della scala in pietra che conduceva ai piani superiori.

Camminava con passo rigido, come il primo giorno che, giovane intimidito dalla fama del suo ospite, aveva varcato per la prima volta la porta di quella sala, e percorso le grandi lastre di pietra bianca e nera come un umile pedone che si avventurasse sulla scacchiera degli dei.

Un tempo, prima che il dominio dei Popolari ne imponesse il taglio, la torre dei Cavalcanti aveva svettato sui tetti di Firenze per oltre settanta braccia, dall'alto delle quali aveva guardato la città con il disprezzo di un gigante in mezzo a un popolo di nani. Ora tutto il palazzo che sopravviveva si arroccava nella sua stretta strada, incalzato da case e botteghe dei nuovi ricchi come un cervo circondato da una muta di cagne magre e feroci.

Ma nulla sembrava aver diminuito l'altezza di Guido, che in silenzio guardava Dante avvicinarsi e deporre il suo carico sulla tavola carica di carte. I suoi occhi semichiusi trapassavano i gesti dell'amico. Pareva perso nella contemplazione di una scena a lui solo visibile, come se un coro di fantasmi stesse recitandogli negli orecchi una orazione segreta e lui tentasse di coglierne il senso protendendo il capo in avanti, attento a quel linguaggio solo a lui noto, e che egli soltanto sapesse penetrare. Con la mano sinistra sembrava comprimersi il cuore, quasi volesse soffocarne i balzi nel petto. Gocce di sudore gli imperlavano la fronte alta sotto il cappuccio della veste da camera, il corpo scosso da un tremito sottile e infrenabile. «Che tu sia il benvenuto. Come sempre» disse.

Dante ricambiò il saluto, con un lieve cenno del capo, ma senza avvicinarsi oltre, anzi accennando un lieve arretramento, quasi impercettibile, mentre l'altro scendeva l'ultimo gradino verso di lui. La sua mano si mosse d'istinto verso l'impugnatura del pugnale nascosto sotto la veste, poi si insultò per quel gesto di paura ignobile che non era sfuggito a Guido, e lo sviliva agli occhi dell'amico.

Guido allargò le braccia con aria di rimprovero, quasi a ostentare il suo essere disarmato. La sua attenzione sembrava essere tornata nella sala e su Dante, come se il coro dei morti si fosse allontanato.

«Mai ci siamo visti senza il bacio della buona sorte, amico» e si era proteso verso Dante, sfiorandogli la guancia con le labbra. Sentì allora la rigidità della piastre della corazza nascosta sotto la veste dell'altro, e si ritrasse come avesse toccato una fiamma. Di nuovo un attimo di immobilità, mentre una smorfia di dolore lontano gli segnava il volto con la sua ombra

Fu Dante a spezzare di nuovo il silenzio: «Un'ora fa ho dato ordine che venisse riaperta la tomba di Vana».

«Immaginavo che lo avresti fatto. Anche se il tuo Dio ti vieta di disturbare il sonno dei morti, sapevo che lo avresti fatto.»

«E quindi sai che cosa ho scoperto. E che conosco il perché dell'assassinio, e il nome del colpevole.»

«Ed è per questo che sei qui?»

«Sì.» Dante sentiva le sue forze abbandonarlo, come se giunto alle soglie della verità il suo animo si ribellasse, respingendo con orrore l'ultimo passo.

Aveva sciolto la cinghia, e rivelato sulla tavola il contenuto dell'involto. L'orrida testa della Medusa risplendeva in tutto il suo fulgore alla luce delle candele. Si fece forza, e proseguì, con voce dolorosa: «Hai ucciso tu Vana del Moggio».

Guido sembrò non aver udito quelle parole. Fece solo un passo indietro, come se il suo corpo fosse stato spinto nella calca di una via di Firenze, un lieve urto quasi inavvertibile, e lui reagisse con un fastidio distratto, solo per allontanarsi dall'importuno. Continuava a guardare Dante negli occhi, ma non pareva vederlo.

«1Sei tu l'uomo ritratto di spalle sul muro del Paradiso. Sei tu l'uomo che lei si recava a incontrare di notte, scatenando la gelosia di Casella, l'uomo che si è servito della sua anima convincendola a tradire i suoi padroni, e che poi si è servito del suo corpo. Cosa ti facevi rivelare in quei convegni, Guido? Cosa apprendeva dai suoi innamorati Vana, che poi veniva a riferire all'uomo irriconoscibile, coppiera di un banchetto disertato da Dio?»

Guido Cavalcanti non rispose. Si limitava a scuotere lento la testa, il volto attraversato da un sorriso amaro, quasi volesse rimproverare l'antico amico non per quell'accusa terribile e infamante, ma per una faglia nel suo ragionare: «Perché io? Io non amavo Vana. Io non l'odiavo».

«È vero, Guido. Tu non l'amavi. Tu non l'odiavi. Ed è per questo che l'hai uccisa. Hai spezzato la sua vita perché ti serviva il suo corpo, come scala per raggiungere il tuo vero obiettivo. L'ho capito quando ho scoperta la vera natura della Voce del Drago, quella polvere nera che maestro Martino ti ha recato da Venezia, dopo averne imparato il segreto dalle carte di Marco Polo. Quella polvere che atterra le fortezze, e parla con il rombo del tuono. Quella polvere di cui hai riempita la testa di Medusa, insieme con il meccanismo a tempo costruito secondo il disegno riportato dai viaggiatori d'Oltremare. Quella polvere che avevi bisogno di collocare il più vicino possibile al trono vescovile che sarebbe stato occupato da papa Bonifacio, durante le cerimonie della sua venuta in Firenze. Quella polvere che avrebbe eliminato in un solo colpo il papa e il suo seguito di vescovi, e forse, con il crollo della basilica, buona parte di Guelfi di questa città. E aperto la strada alla rinascita dell'impero universale. E non era solo nella taverna del Bandinello che si erano dati convegno i gruppi ghibellini giunti dietro tuo ordine dalle città toscane fedeli all'impero. Uomini cui hai consegnato le nuove armi che la ferocia orientale ti ha messo a disposizione. In tutta Firenze da giorni vengono segnalati movimenti sospetti, riunioni, mormorazioni. E hai esposto il corpo di Vana con quella macabra messa in scena, perché il popolo incolto pensasse a un rito diabolico, e che la città fosse preda di adoratori di Lucifero. E invece le autorità giungessero alla conclusione che si trattasse piuttosto di trame misteriose per respingere la venuta di Bonifacio, mentre tu lavoravi come una tarantola per attirarlo nella tua tela.

«No, tu non amavi Vana, né la odiavi. Avevi solo bisogno della sua tomba.»

Guido rovesciò lentamente la testa indietro, socchiudendo gli occhi: «Come l'hai capito?».

«Un oggetto. E una tua frase. La lapide che aspettava nella cattedrale per la tomba di Vana. Splendida nella sua esecuzione. Ma nemmeno il grande Arnolfo avrebbe potuto realizzarla nelle poche ore a disposizione, tra la morte e il seppellimento. No, la lapide era stata preordinata molto prima, e la sua superficie incisa a figure, quasi un traforo minuto, così incongrua in un'opera fatta per vincere la consumazione del tempo, era stata pensata invece con un altro scopo, e ben diverso da quello apparente di proteggere la tomba. Oggi, quando abbiamo provato appena a sollevarla, si è subito spaccata in molti frammenti, quei frammenti che la Voce del Drago avrebbe dovuto scagliare in giro, per amplificare la strage. Hai scherzato sui miei studi di scienze, quando mi mostrasti la coppa di Alberto.»

Un tenue sorriso balenò appena sulle labbra dell'altro, appena un'eco della sua antica ironia. «Eppure proprio nei miei studi sulle carte dei grandi sapienti del secolo nostro sapevo di aver trovato quella stessa formula che tu hai appreso dal racconto di Marco Polo. Sapevo, e improvvisamente ho ricordato dove: nell'opera del grande dottore inglese, Bacone. Che ne parla, e descrive gli effetti della sua forza infernale. E infine il tuo riferimento alla mia donna dello schermo: era Vana la vera *donna dello schermo*. Ed è proprio per farti schermo di lei che hai inscenato quell'orribile crocifissione: perché tutta Firenze si mettesse in caccia di un demonio che calpestava le nostre strade, mentre tu e gli altri Fedeli completavate il disegno. Quando ho rimosso il corpo ho trovato quel tappeto di feltro in cui era stato avvolto, quel feltro da cui avrebbe dovuto sorgere il vendicatore della vergogna d'Italia: allora ho compreso il senso della tua beffarda allegoria, che sempre m'era restata oscura.»

«Sì... solo Gianni Alfani ne era a conoscenza. Ma lui credeva che si trattasse di una profezia di Gioachino da Fiore...»

«E invece lo spessore del panno serviva a nascondere i rumori del congegno infiammatore, quando tu lo avessi attivato.»

Mentre pronunciava queste ultime parole gli era parso per la prima volta di cogliere un segno di reazione nel volto di Guido, come l'ombra di un sorriso, seppure nascosto nelle pieghe del tremore che padroneggiava il suo corpo. Sentì montare un'onda di orrore e di estraneità verso la mente di quell'uomo, che ancora sembrava compiacersi solo della brillantezza del proprio ingegno nel progettare la strage.

«Ma è stato tutto inutile, Guido. Bonifacio non verrà in Firenze» riprese, la voce inasprita dalla rabbia. «Né lui né i suoi vescovi si assideranno nel coro di Santa Croce. La morte di Vana è stata inutile, e Dio protegge i suoi ministri.»

«Ho già saputo» rispose Guido asciutto, mentre la sua figura continuava a essere squassata dal tremito. Si era versato del liquido da una caraffa di vetro rubino presa dalla tavola, e beveva a grandi sorsi, come divorato da un fuoco interno. Una luce traspariva attraverso le fessure degli occhi. Guido sembrava una torre incendiata, un vuoto di nero carbone circondato dal solo ricordo della forza degli antichi muri. La coppa di Alberto Magno giaceva abbandonata in un angolo.

«Ed anche Casella è stato ucciso, vero?»

«Sì.» Guido parlava adesso con voce frammentata, come se il tremito emigrando dalle sue membra avesse contagiato l'aria intorno a lui, trasformando i suoni in un fremito «Sono stato io ad avvelenare il suo cibo, con una pozione fornita da maestro Martino, la stessa con cui i demoni di Roma avvelenarono il grande Federico...»

«Ma perché, Guido, perché? Anche Casella, con la sua dolcezza, la sua amicizia per tutti noi!» gridò Dante, con l'angoscia che gli serrava la gola, a vedere lo stato spaventoso dell'amico presente, e ripensando alla tragica maschera mortuaria dell'altro.

«Sì. Era nostro amico. Era mio amico. E per questo fu accolto nella cerchia dei Fedeli» il suo sguardo parve velarsi, come se intravedesse in una sorta di sogno per un attimo anche lui la larva del cantore, mentre con la fronte imperlata di sudore sembrava volgere lo sguardo oltre il corpo di Dante. «Ha eseguito fedelmente gli ordini fino all'ultimo, e da prima ho sperato che il nostro sogno gli desse la forza di affrontare l'inferno che gli avevo destinato. Ma scoprii che il dolore per la perdita della sua donna lo aveva portato sull'orlo della follia, e cominciava a diventare pericoloso» continuò poi, più freddamente, recuperando il controllo di sé. «Io l'ho accompagnato fino al confine della terra dei morti, sperando di trattenerlo sulla soglia. E poi ho dovuto spingerlo oltre.»

Dante taceva inorridito, chiedendosi a quali arti diaboliche fosse ricorso Guido per spezzare la volontà del cantore. Fino a farne un docile strumento della sua volontà, passivo di fronte alla distruzione dell'essere amato «E mi hai svelato il suo rifugio segreto, perché trovassi le tracce del delitto e credessi alla sua follia d'amore» aggiunse poi.

«Perché la sua follia d'amore ti si svelasse! Sì, Dante, Casella era veramente impazzito. Non per il motivo che volli farti credere, ma perché il nerbo della sua volontà s'era infranto contro la tempesta dei suoi sensi. Non c'è spazio per l'amore in terra, per chi alla terra vuole rendere giustizia.»

C'era ancora una domanda che Dante non aveva posto. Che quasi non non osava porre. Guido sembrò leggergli nei pensieri, perché all'improvviso proseguì: «I Fedeli non sapevano nulla del mio piano, se non che ci saremmo ribellati all'oppressione di Bonifacio. E nessuno di loro ha mai posseduto nella sua mente più di una piccola parte del disegno: se la mia veste stessa avesse saputo qualcosa di più, l'avrei bruciata. Nemmeno maestro Martino, che pure conosceva la virtù della polvere e me ne aveva insegnato la composizione, ha mai saputo cosa volessi farne».

Aveva impugnato uno dei doppieri che ardevano sulla tavola, e lo sollevò come volesse vedere meglio il volto di Dante. Poi aggiunse, sfiorando con la mano la spalla dell'amico che si era avvicinato, e indicando nel contempo la testa di Medusa: «Il regno dei morti non è in Occidente, come dicono i nostri antichi, ma nel tempo futuro, amico mio. In fondo ho sempre voluto che qualcuno sapesse uscire dal labirinto del mio piano, e che quello fossi tu. Speravo che avresti colto la grandezza del nostro disegno, la liberazione degli uomini della terra intera, e saresti tornato a legarti a noi. Un solo colpo, e la febbre che devasta la serva Italia sarebbe dispersa, un solo colpo e la Chiesa di Roma, decapitata, sarebbe stata ricacciata negli aridi deserti d'Arabia, da cui l'odio per il genere umano l'ha condotta alle nostre spiagge. Eppure non ti porto rancore, amico mio. Non tu, Dante, ma la cieca sorte ha fermato la nostra mano. L'ora che il destino offriva alla nostra generazione è passata, e per questo la bestia trionferà ancora. Eppure la nostra vendetta verrà. Sorgerà un vendicatore dalle nostre cencri...».

La fiamma della torcia s'era avvicinata ancora alla chioma anguicrinita della medusa. Dante vide un bagliore improvviso accendersi tra le ombre della capigliatura, e sibilando uno dei serpenti trasformarsi in una lingua di fuoco. Guido fissava impietrito il bagliore, senza più respiro, senza più colore, come già morto. Più morto della morte.

Rimase così immobile e terreo per un lungo istante, mentre la capigliatura di Medusa andava spegnendosi tra piccole vampe e crepitio di scintille.

Allora Dante si avvicinò all'amico, sfiorandogli la mano con un gesto di pietà trattenuta. Qui moriva metà della sua vita, e l'altra metà si perdeva in un futuro incerto, immersa nelle tenebre: «Ho tolto io la polvere del Catai, e l'ho gettata in Arno».

L'altro tremava visibilmente, aggrappato al bordo del tavolo, preda della terzana che lo squassava. Era sempre in piedi, più curvo, quando il poeta mosse per uscire dalla sala.

Sulla porta si soffermò per un istante: «Sei stato tu ad attaccarmi sotto la torre degli Uberti?».

Guido scosse la testa. Ma poteva essere il tremito della febbre. O forse era solo un cenno verso il coro dei morti, che tornava a colloquio con lui.

Nel corso della successiva riunione del Consiglio dei Priori, discutendosi dei provvedimenti da prendere per la salute del Comune, Dante votò la condanna all'esilio per alcuni dei facinorosi che avevano insanguinato con le loro tresche la città. Nella lista dei proscritti fece aggiungere il nome del suo primo amico.

Guido Cavalcanti morì dopo pochi mesi, di febbri perniciose.

Nota dell'autore

La testa di Medusa creata da Guido Bigarelli restò sicuramente nelle mani di Dante fino all'autunno del 1301, al momento della partenza come ambasciatore alla volta di Roma. Perduta nei drammatici avvenimenti che seguirono la sua cacciata in esilio, se ne trovano soltanto rare tracce nei secoli successivi.

Nel 1536 la vide quasi certamente il Cellini, che ne lascia una sommaria descrizione in una delle sue lettere. Conservata a Venezia, nella bottega del Sansovino, la testa dovette esercitare un'impressione fortissima sull'artista, tanto da indurlo ai suoi primi esperimenti di fusione in bronzo.

A partire poi dal tardo Ottocento varie opere di simili caratteristiche riemergono qua e là sul mercato antiquario, passando di mano in mano in collezioni private. Probabilmente la più attendibile è quella segnalata nel 1913 nella galleria Rose, presso villa Doehlau nella Prussia orientale. Franz Rose, collezionista e mecenate, potrebbe averla ottenuta per tramite di Adolfo Wildt, lo straordinario scultore che aveva molto lavorato per lui agli inizi del secolo. È plausibile che un estimatore del Wildt possa aver accolto nelle sue sale proprio quest'opera, tanto bizzarra e enigmatica quanto quelle dell'artista che lo affascinava.

Malauguratamente villa Doehlau è andata distrutta nel 1944, con tutti i suoi tesori d'arte. Negli ultimi tempi sembra sia però apparsa nel sito di una grande casa d'aste on-line un'inserzione, proveniente dalla Polonia, che poneva in vendita un reliquario del secolo XIII, singolarmente simile nella descrizione all'opera scomparsa.

Non ho potuto verificare di persona la cosa, segnalatami da un gentile lettore. Ma se la testa di Medusa è in qualche modo sopravvissuta, non è impossibile che torni prima o poi alla luce.

«I delitti della medusa»
di Giulio Leoni
Oscar bestsellers
Arnoldo Mondadori Editore

Questo volume è stato stampato
presso Mondadori Printing S.p.A.
Stabilimento NSM - Cles (TN)
Stampato in Italia - Printed in Italy